AF211509

Autorin: das Leben
Herstellung und Verlag: Books on Demand
ISBN: 978-3-8391-1782-8

Die Schreie meiner Seele

Vorwort

Warum schrieb ich dieses Buch?? Es gibt doch mit Sicherheit auch ohne dieses Buch schon genug Biographien.

Ja, klar, stimmt ohne jeden Zweifel.
Nur, es entstand aus andern Gründen.
Mir geht es nicht darum, mit diesem Buch viel Geld zu verdienen. (Was natürlich nicht schlecht wäre)
Ein Grund war, mit der Vergangenheit ins reine zu kommen.
Ein Anderer, um das was ich erlebt habe nie zu vergessen.
Auch wollte ich dieses Werk meinen Kindern hinterlassen. Es ist nichts Wertvolles aber ich finde es ist das Wertvollste was ein Mensch besitzt: Seine Vergangenheit- Seine Zukunft-
Und nicht an letzter Stelle seine Gefühle.
Ich bin leider kein Mensch der über seine Gefühle gut reden kann.
Nicht, wenn ich mich freue und dankbar bin, aber noch weniger wenn man mich verletzt hat, was leider sehr oft geschehen ist.
Oft genug lag ich am Boden und dachte ich kann nicht mehr, aber irgendetwas in mir kämpfte immer wieder aufs neue.
Keine großen Kämpfe.
Keine Schlachten- nur die Kämpfe und Schlachten des Lebens.

Ich besitze bestimmt nicht viel- und oft genug besaß ich nur noch mein eigenes Leben. Aber eines hatte ich immer: Stolz.
Dieser Stolz in mir, lies mich meine Kämpfe führen.
Dieser Stolz in mir lies mich meine Schlachten überleben, auch wenn mir oft genug nur noch mein Stolz blieb.

Auch deshalb schrieb ich dieses Buch.
Menschen denen an mir liegt können es lesen und mich vielleicht verstehen sie mich dann etwas besser und auch warum ich heute bin wie ich bin.
Vielleicht hilft es ja auch dem Einen oder Anderen, nach jedem Bodenfall wieder aufzustehen.
Aber am aller Liebsten wäre es mir, wenn Jemand aus diesen Zeilen erkennt, das er oder auch Sie etwas hat, das man niemandem wegnehmen kann, dass man nie verlieren kann und für das es sich immer zu kämpfen lohnt: Stolz!!
Meine Mutter sagte immer: es ist ganz gleich was du tust, solange du es mit Stolz tun kannst.
Und sie hatte Recht.

Eigentlich habe ich alles andere als ein schriftstellerisches Talent, und doch treibt mich irgendetwas dazu das erlebte wiederzugeben.
Aber vielleicht sollte ich erst einmal erklären wer oder was ich bin.
Heute Mutter zweier Kinder,. Eigentlich das wichtigste in meinem Leben und das Einzigste das mir auf meiner langen Reise noch geblieben ist.

Sicherlich kann ich nicht von mir behaupten, ihnen immer eine gute Mutter gewesen zu sein, aber wer kann das schon?
Meine Mutter konnte es sicher nicht.

Meine Mutter

Meine Erinnerungen an sie sind sehr verschwommen. Sie war, trotz ihrer Alkoholsucht eine sehr stolze Frau, die damals, nachdem sie meinen Vater beim fremdgehen ertappte, mit einem Italiener zusammen wohnte.

Damals lebten wir noch auf dem Eschberg, einem Stadtteil von Saarbrücken in einem zwölfstöckigen Hochhaus in der dritten Etage.
Ich, meine Mutter und ihr italienischer Freund.
Meine Sechszehn jährige Schwester ging arbeiten, mein Bruder war bei der Bundeswehr und mein Vater hatte sich aus der Affäre gezogen, direkt in die Arme einer anderen Frau. Damals sagte jeder dass dies meiner Mutter das Herz gebrochen hätte, aber heute glaube ich es war für sie nur ein willkommener Grund zu trinken. Dabei war jeder Tropfen Alkohol den sie zu sich nahm, reines Gift für sie.
Sie war an Tuberkulose erkrankt und musste daher eine Menge Tabletten einnehmen.
Diese Mischung zeigte oft genug ihre Wirkung.
Jedes mal, wenn sie von beidem genug hatte, rief sie meinen Vater an und sagte ihm, er müsse sofort

kommen da sie sterben würde. Was er auch oft genug
tat.
Damals hasste ich meinen Vater. Zum Einen, weil er
mich mit meiner Mutter alleine ließ, zum anderen, weil
er ihr nicht half mit dem Trinken aufzuhören.
Heute weiß ich, sie wollte gar keine Hilfe.
Alkoholismus- so weis man heute, ist eine Krankheit.
Aber ich dachte damals nicht an Krankheit und so- ich
fragte mich, ob sie nicht wusste dass ich nicht wollte
dass sie trinkt. Ich fragte mich, ob sie mich nicht lieb
hatte, dass sie trank.

Ich kann mich gar nicht mehr daran erinnern, wie oft
meine Schwester und ich das Zeug in den Ausguss
schütteten. Aber es war wohl nicht oft genug. Denn
jedes Mal schickte sie mich danach Neues kaufen.
Fünf, sechs Flaschen Bier, zwei mal am Tag. Das ging
ganz schön ins Geld, von dem wir sowieso nicht viel
hatten.
Und das wenige Geld das wir hatten klaute ich ihr aus
dem Geldbeutel
Nicht für mich. Nein, ich kaufte anderen Kindern
Spielsachen und Eis.
Damals verstand ich nicht so recht, wieso ich das tat.
Ich hätte mir wenigsten selber etwas von dem Geld
kaufen können doch das bedeutete mir nichts.
Wahrscheinlich dachte ich, wenn sie kein Geld mehr
hätte, könnte sie sich auch kein Bier mehr kaufen.
Lieder war ihre Sucht nach Alkohol immer stärker als
der Mangel an Geld.
Ich liebte meine Mutter, wenn sie nüchtern war, aber
ich hasste sie, wenn sie getrunken hatte..

Ich erinnere mich noch daran, daß ich manchmal im Treppenhaus saß, wenn sie wieder betrunken war, und ich mir wünschte, sie möge Sterben

Meine Mutter hatte mich nie geschlagen oder sonst wie schlecht behandelt- Im Gegenteil- Sie liebte ihre Kinder-

Aber trotz allem- ich schämte mich dafür – daß sie trank-

Das sie nicht wie andere Mütter war-

Lieber wollte ich gar keine Mutter haben, als eine Mutter die immer betrunken war.

Wie schlimm mußte ich das damals empfunden haben, wenn ich mir sogar wünsche, sie solle sterben???!!

Was sie auch bald darauf tat. Am 6. Mai 1972 an einem Sonntag nahm sie ein paar Tabletten zuviel, trank ein paar Bier und schlief friedlich ein.

Einen solchen Tod hatte sie sich immer gewünscht Ihr Wunsch ging in Erfüllung aber für mich brach trotz allem eine Welt zusammen.

Was sollte jetzt aus mir werden, wo sollte ich nun hin? Zu meinem Vater und seiner Gelienten, die ich beide nun noch mehr hasste? !

Zu meinem Bruder in die Bundeswehr?

Oder zu meiner sechszehnjährigen Schwester die selber noch ein halbes Kind war?

Die ersten paar Jahre wurde ich wie ein Kleidungsstück in der Familie hin und her gereicht.

Außerdem hielt ich es bei keinem lange aus, denn schließlich war niemand so als meine Mutter, die ich in den Jahren ganz furchtbar vermißte.

Ich hatte einmal ausgerechnet daß ich in 6 Jahren 18-mal umzog.

Immer wieder das gleiche Spiel.
Ich wurde von meiner Schwester zu meinem Bruder
gereicht und wieder umgekehrt.
Und zweimal war ich sogar bei meinem Vater und
seiner Geliebten.

Richtig wohl fühlte ich mich eigentlich nur bei meiner
Schwester und ihrem Verlobten.
Sie lebte damals in einer Einzimmer Wohnung, ich
dazu, das konnte nicht lange gut gehen.
Außerdem waren meine Schulnoten zu dieser Zeit eine
Katerstrophe. Ich war öfter in der Stadt und schwänzte
als in der Schule. Also unterstellte mich das Jugendamt
meinem Vater, der wie er behauptete keine Zeit für
mich hatte
Viel Zeit hatte er wirklich nicht. Er besaß damals zwei
Diskotheken, ein Restaurant und eine Bar. Persönliche
Gespräche mit ihm fanden nie statt. (Er hatte ja nie
Zeit)
Nach unendlich langen drei Wochen hatte er dafür
gesorgt, dass ich endlich wieder zu meiner Schwester
durfte. Nach meiner Mutter war sie die einzigste die mir
wirklich etwas bedeutete. Daran hat sich bis heute nicht
viel geändert.
Mit ihren damals 17 Jahren versuchte sie mir so gut es
ging, meine Mutter zuersetzen.
Tagsüber arbeitete sie in einer Gaststätte und ich ging
zur Schule.
Aber es dauerte nicht lange und ich schwänzte wieder
regelmäßig.
Als meine Schwester dahinter kam, schickte sie mich zu
meinem Bruder und seiner damaligen Frau .
Wahrscheinlich glaubte jeder, es sei das Beste für mich

In schöne geordnete Verhältnisse.
Mein Bruder war immerhin erwachsen und lebte in einem schönen Einfamilien Haus, ging jeder Tag schön arbeiten und führte eine schöne Ehe.
Alles wunderschön!
Aber nun kam ich. Ein Eindringling.
Meine Schwägerin wurde mit der Situation nicht fertig und versuchte alles mich wieder los zuwerden. Ja, sie behauptete sogar ich würde meinen Bruder gegen sie aufhetzen, was überhaupt nicht stimmte. Im Grunde interessierte sie mich gar nicht.
Aber sie gab keine Ruhe. Schleppte mich sogar zu einem Psychiater, der mich für verrückt erklären sollte, nur weil ich nachts Wenzelte. (Wenzeln, bedeutet, das man im oder vor dem Einschlafen seinen Körper im Bett hin und her wiegt.)
Ich wenzelte gerne. Es beruhigte mich, und ich sang Lieder dabei die ich selber erfand.
Immer wieder kam es zwischen uns zu Streitereien.
Mein Bruder hielt sich dabei meistens aus allem raus.
Ich war zu dieser Zeit engagiert Beim Roten Kreuz als Katastrophenhelfer. Es war toll dort. Einmal die Woche konnte ich Abend dort hin, und man lehrte uns, wie wir anderen Menschen in Not helfen könnten.
Ich fühlte mich richtig wichtig dort.
Man sah dort in mir eine ganz normales Mädchen und nicht irgendeine Verrückte.
Aber als ich eines Abends heim kam erwischte ich meine Schwägerin mit einem anderen Mann schmusend.
Ich sagte ihr später ich würde alles meinem Bruder erzählen wenn sie mich nicht in Ruhe lassen würde.
Aber sie hatte etwas anderes im Kopf..

Sie fing mal wieder an zu streiten, warf mir irgendeinen Blödsinn vor.

Irgendwann eskalierte die Situation.

Sie stürzte sich im Kinderzimmer auf mich und schrie, sie würde mich umbringen.

Sie schlug auf mich ein, so dass ich in den Kinderzimmerschrank fiel.

Sie nahm mich und zerrte mich zur Treppe und drückte mir den Hals zu.

Immer wieder schrie sie- Ich bring dich um!!

Und ich bin mir sicher, dass hätte sie auch getan.

Irgendwie habe ich mich von ihr befreien können, aber ihr dabei auf die Nase geschlagen, das diese sogar brach. Ehrlich gesagt, das wollte ich nicht.

Ich ging in meine total zerwüstetes Zimmer und sperrte mich ein.

Irgendwann würde ja mein Bruder nach hause kommen- und ich würde ihm dann erzählen was gewesen war.

Ja, mein Bruder kam auch nach Hause. Nur bevor ich ihm sagen konnte was war, hatte sie im schon ihre Geschichte erzählt., und die sah etwas anders aus.

Mein Bruder stürzte nach oben,, und verprügelte mich. Sie hatte alles so dargestellt, als hätte ich sie ohne Grund angegriffen. Ja als wollte ich sie umbringen, nicht sie mich.

Das war sogar für mich zuviel des Guten. Ich ging zum Jugendamt und bat darum in ein Mädchenwohnheim zu dürfen.

Eine nette Frau vom Jugendamt begleitete mich zu meiner Schwägerin um die Sache mit ihr zuklären, (vielleicht glaubte man mir auch nicht) als jedoch meine Schwägerin auch im Beisein der Beamtin ihre

Drohungen wiederholte, wusste man es müsse etwas geschehen. Aber wohin so schnell mit einem elfjährigen Mädchen und dies einen Tag vor Heilig Abend. Der einzigste freie Platz den man finden konnte, war in einem Waisenhaus in Neunkirchen das von Nonnen geleitet wurde.

Mir war das so ziemlich egal. Ich wollte nur noch weg von meinem ignoranten Bruder und seiner wahnsinnigen Frau.

Sie sollte später wieder in mein Leben treten, und ein guten Teil davon zerstören.

Also packte ich unter dem Schutz der Beamtin vom Jugendamt und zweier Polizisten meine paar Kleider in zwei Müllbeutel und zog ins Waisenhaus. Dort ging es mir ehrlich gesagt ziemlich gut. Die Schwestern dort gaben sich richtig Mühe mit mir.

Sie lernten mich nähen, stricken und putzen. Jeden Abend saßen alle zusammen und sprachen miteinander. Es war eine wirklich schöne Zeit für mich.

Außer Sonntags, wenn andere Kinder Besuch bekamen von ihren Pflegeeltern oder zukünftigen Adoptionseltern, kam zu mir niemand.

Jeden Sonntag wünschte ich mir, mein Vater würde mal vorbei kommen um wenigstens zu sehen wie es mir geht. Tat er aber nicht.

Die einzigste die sich ab und zu bei mir meldete und mich besuchte war meine Schwester .

Mittlerweilen hatte ich die Schule fertig aber immer noch keinen Hauptschulabschluß. Man konnte viel Schlechtes über meinen Vater sagen, aber an einer guten Ausbildung war ihm gelegen, außerdem war ich dann ja wieder weit vom Schuss und das konnte ihm ja nur Recht sein.

Ich musste das Waisenhaus verlassen und besuchte nun ein Jugendinternat in der Pfalz.

Nach einem Jahr hatte ich es geschafft; Ich hatte einen Hauptschulabschluss.

Aber was jetzt, vor allem wohin?

Wieder zurück zu meiner Schwester nach Saarbrücken, wohin hätte ich auch sonst?!

Sie half mir eine Lehrstelle im Bahnhofsrestaurant als Kellnerin zu finden. Außerdem hatte es den Vorteil, dass ich dort auch wohnen konnte.

Aber ich verdiente gerade mal 70 DM und das Zimmer kostete schon 50 DM-

Und ich brauchte ja auch immer gute Kleidung für meine Lehrstelle und auch etwas zu Essen-

Mein Vater hatte in dieser Zeit eine Bar in Saarbrücken, also fuhr ich eines Nachts zu ihm in die Bar um ihn um Unterstützung zu bitten. Aber die Mädchen die dort arbeiteten sagten mir, er käme nur einmal nachts vorbei wenn sie schließen würden um die Abrechnung zu machen.

Ich ließ ihm ausrichten- dass ich Geld bräuchte und am nächsten Tag wieder käme

Als ich hin kam, sagten mir die Mädchen, dass sie es ihm gesagt hätten, ihn es aber nicht besonders interessiert hätte.

Na toll. Was sollte ich jetzt machen>?

Ich saß am Büffet und redete mit den Bardamen als ein Gast zu mir kam und fragte ob ich etwas mit ihm trinken würde. Die Mädchen riefen mich in ein Hinterzimmer und erklärten mir, dass dies ein Möglichkeit war Geld zu verdienen-

Na gut- Also verdiente ich mir Geld.

Tagsüber war ich auf meiner Lehrstelle und abends arbeitete ich als Barmädchen in der Bar meines Vaters ohne das dieser es wusste.

Das Ein zigste. was ich machen musste war mit den Gästen etwas zu trinken.

Den Rest machten die Bardamen.

Wau, ich fühlte mich stark wie ein Löwe Stolz wie eine Prinzessin.

Ich hatte Arbeit und ein eigenes Zimmer, niemand machte mir Vorschriften und vor allem versuchte niemand meine Mutter zu sein.

Damals fühlte ich mich wie ein Vogel der pflüge geworden war.

Das Schicksal wollte es, dass auf meiner Lehrstelle ein neuer Koch eingestellt wurde.

. Groß, blond, blauäugig, kurz " Ein Wahnsinns Mann. Und der interessierte sich ausgerechnet für mich.

Wir gingen ein paar Mal mit einander aus und landeten wo? Im Bett!

Es dauerte auch gar nicht lange und ich wurde schwanger.

Oh ja, das war genau das was ich wollte. Eine richtige Familie. Und vor allem wollte ich meinem Kind eine gute Mutter sein, zumindest eine bessere als meine Mutter es war.

Doch wie sollte dies funktionieren?

Ich war erst siebzehn und mit meiner Lehre noch nicht ganz fertig. Drei Tage nach meinem achtzehnten Geburtstag heirateten wir und nahmen uns eine Wohnung.

Was ich damals jedoch nicht wusste, Mein Mann hatte ein Problem, er war schitzovren, mit anderen Worten, er war persönlichkeitsgespalten. Vielleicht wollte ich es *aber auch gar nicht wissen. Alles schien so perfekt. Er war der liebevollste Ehemann den sich eine Frau nur wünschen konnte. Aber er war auch geisteskrank. Und darüber wurde ich mir nun bewusst.*

An eine Situation erinnere ich mich auch heute noch sehr gut.

Damals, es war 1980, war eine große Flugzeugentführung in Amerika. Ein paar Iraner hatten auf einem Flughafen ein vollbesetztes Flugzeug in ihre Gewalt gebracht. Die Situation war sehr primär und ging damals durch alle Nachrichten.

Was ich nicht wusste, dass er dem amerikanischen Präsidenten einen Brief schickte indem er ihm seine Hilfe anbot.

Eine Woche später kam Post. Ein Brief vom weisen Haus, darin dankte man ihm für sein Angebot und lehnte logischer weise ab.

Solche Situationen gaben es mehrere.

Er war immer sehr lieb zu mir und seine besondere Sorge, so schien es zumindest, galt unserem ungeborenen Kind. So wollte er nie, das ich alleine einkaufen ging, aus Angst, es könnte zu schwer für mich sein oder ich könnte stützen und dem Kind oder mir könnte etwas geschehen. Aber dies war nur eine Seite von ihm. So erinnere ich mich noch sehr gut an eine bestimmte Nacht: Ich schlief, als ich plötzlich keine Luft mehr bekam. Er hatte sich, während ich schlief über mich gebeugt und drückte mir den Hals zu. Während ich versuchte mich zubefreien schrie er die ganze Zeit nur dass er das Kind nicht haben wolle und mich eher umbringen würde.

Als ich mich endlich befreit hatte und ihn anschrie was das soll, stand er auf, zog sich an ohne ein Wort zusagen und ging aus der Tür. Ich habe ihn seit dieser Nacht nicht mehr gesehen.

Ein paar Tage später musste ich zur Geburt ins Krankenhaus.

Am 19 Januar 1981 bekam ich unseren Sohn Sein Vater hatte sich in der ganzen Zeit nicht ein einziges mal bei mir gemeldet. Als ich nach zwei Wochen aus dem Krankenhaus entlassen wurde fuhr ich gleich mit meinem Baby zu unserer Wohnung. Als ich den Schlüssel in die Tür steckte um sie zu öffnen, öffnete mir plötzlich ein Mann und fragte mich, was ich hier wolle. Er erklärte mir, das dies seine Wohnung sei und zeigte mir einen Zettel auf dem stand, dass Mein Mann ihm die komplette Wohnung verkauft hätte, mit allem was sich darin befand, für Sage und schreibe 250 D.M. Ich war geschockt. Nein, das durfte einfach nicht war sein. Ich ging sofort zur Polizei, die mir erklärte, dass dieser Wisch so rechtskräftig sei wie ein Kaufvertrag. Da ich mit Olaf keine Gütertrennung gemacht hatte und wir ja immer noch verheiratet waren konnte er also machen was er gewollte.

Ich war am Boden zerstört. Was sollte jetzt geschehen? . Wo sollte ich jetzt hin mit einem zwei Wochen altem Kind, mitten im Winter? Ohne alles. Ohne Kleidung, ohne Möbel, ohne Geld und ohne Wohnung. Das einzigste was wir hatten, waren die Kleidung die ich im >Krankenhaus dabei hatte.

Ich rief meinen Vater an und erzählte ihm was geschehen war, aber er wollte davon nichts wissen. Er erklärte mir er habe keine Zeit und auch keinen Platz uns aufzunehmen. Ich hätte diesen Mann, den er ja nie gemocht hätte schließlich geheiratet und jetzt sollte ich halt schauen wie ich weiter käme.

Jeden den ich kannte rief ich an und bat um Hilfe, aber niemand wollte etwas damit zu tun haben.

Mein Bruder, der mittlerweile geschieden war , hatte keinen Platz und meine Schwester lag selber im Krankenhaus mit einem neugeborenen Mädchen.

Also setzte ich mich mit meinem Jungen in den Bus und wollte zum nächsten Mutter-Kind Heim fahren um dort für uns eine Unterkunft zu finden. Als ich im Bus saß, sprach mich plötzlich jemand an..

Ich faßte es nicht, es war meine Exschwägerin Ausgerechnet Die frau die mich Jahre zuvor lieber getötet hätte.

Sie fragte, wie es mir geht und ich erzählte ihr was mir passierte und dass ich jetzt mit meinem Sohn auf der Straße stehen würde. Nachdem sie sich alles angehört hatte, sagte sie mir, ich könnte mit meinem Kind zu ihr bis sich die Situation geklärt hätte. Froh endlich unter zu sein, tat ich das auch und fuhr mit ihr zu ihrer Wohnung in Dudweiler wo sie mit ihrer Tochter und ihrem neuen Freund wohnte.

Der Raum den sie für mich hatte, war gerade groß genug um eine Matratze auf den Boden zulegen. Dort lebten wir jetzt also. Aber das war mir egal. Hauptsache war jetzt erst mal, dass ich mit meinem Jungen ein Dach über dem Kopf hatte. Ich konnte mich dort wenigstens um Daniel kümmern. Schließlich war er das Einzigste was mir von meinem Traum noch geblieben war. Alles was ich jetzt noch hatte war dieses Kind dass mich brauchte und das mir unendlich viel Kraft gab. Wenn ich abends auf der Matratze lag und ihn im Arm hielt, wusste ich, dass ich es schaffen würde für uns wieder ein Zuhause aufzubauen. Alles würde gut. Ich war für das Kind da und es für mich. Egal was auch immer geschehen würde, aufgeben würde ich nie.

Doch es sollte alles anders kommen.

Ich nahm das bisschen Geld das mir geblieben war und kaufte das Notwendigste.

Ich kaufte Kleidung für meinen Jungen, Nahrung, Windeln, einen Kinderwagen und einen kleinen grauen Elefanten aus Plüsch. (Den ich heute noch besitze.)

Der Kleine war ein sehr unruhiges Kind, er schlief selten durch und schrie nachts sehr oft, wodurch ich nicht viel schlafen konnte.

Eines Tages stand ich morgens auf und ging mit meinem Sohn in die Küche um ihm dort sein Fläschchen zugeben, als ich sah, dass er ganz blau um sein rechtes Auge war. Da er nachts in einem Weidenkörbchen schlief ging ich gleich nachschauen ob er sich vielleicht daran verletzt haben könnte.

Konnte aber nichts finden.

Da ich an diesem Morgen dringend zu meinem Frauenarzt musste, ich hatte nach der Geburt große Probleme im Unterleib, bot mir meine Schwägerin an, mit dem Kind zum Kinderarzt zugehen. Erstens wegen dem blauen Auge und zweitens weil mein Junge nachts so unruhig schlief.

Also fuhr ich nach Saarbrücken zum Arzt und als ich wieder in die Wohnung kam war sie mit meinem Sohn noch nicht zurück, was mich ehrlich gesagt gewundert hatte, da es bereits Mittag war.

Da ich die letzte Zeit kaum geschlafen hatte nutzte die Zeit um mich noch etwas hinzulegen, bis es an der Tür klingelte. Als ich öffnete standen dort zwei Polizeibeamten und fragten mich nach meinem Namen. Sie sagten, ich müsse sie auf das Revier begleiten. Was ich auch tat. Am Polizeiauto angekommen, legten sie mir Handschellen an und sagten mir, ich sie wegen dem Verdacht der versuchten Tötung an meinem Sohn verhaftet. Ich glaube, damals fing ich an zu lachen, da ich das Ganze für einen schlechten Scherz gehalten hatte. Doch es war kein Witz, es war bitterer Ernst. Ich verstand die Welt nicht mehr.

Bei meinem Verhör, wurde ich die ganze Zeit gefragt ob ich versucht hätte, meinen Sohn zu töten, da er starke Misshandlungen aufweisen würde, wie der Kinderarzt bei dem meine Exschwägerin mit dem Kleinen war, der Polizei mitgeteilt hätte.

Man fragte mich ob ich nicht gesehen hätte, das mein Sohn Würge male am Hals gehabt hätte, und wie es zu dem Kratzer auf seinem Rücken kommen konnte. Man unterstellte mir sogar, ich hätte meinem Jungen diese Kratzer mit einer Gabel beigebracht.

Ich habe das Alles nie gesehen, wieso weiß ich auch nicht, aber schon gar nicht habe ich jemals versucht, das Einzigste auf der Welt das mir noch geblieben war und das ich über alles liebte, zutöten.

Damals starb ein Teil von mir. Ich wollte nicht mehr darüber nachdenken wie es dazu gekommen war. Ich wollte nur noch Ruhe, mich ins Bett legen und schlafen in der Hoffnung Wenn, ich wieder aufwachen würde, wäre alles nur ein böser Traum gewesen.

Alles in mir war ohnmächtig, tot. In meinem Kopf drehte sich alles.

Nachdem ich dem Haftrichter vorgeführt wurde, brachte man mich in die Justizanstalt Zweibrücken.

Da war ich nun, im Gefängnis, als Mutter die versucht hat ihr Kind umzubringen. Ausgerechnet ich. Jemand der immer eine bessere Mutter sein wollte.

Man hatte mir das Wichtigste und einzigste genommen das ich noch besaß. Für was sollte ich jetzt noch leben? Ich dachte immer noch es sei alles nur ein böser Traum aus dem ich irgendwann aufwachen würde. Aber es war real, kein Traum, ich wachte nicht auf.

Mein Kind brachte man zuerst ins Krankenhaus zur Beobachtung und näheren Untersuchung, und mich in eine Zelle. Es war für mich irgendwie gar nicht schlimm, eingesperrt zusein. Alles was mir etwas bedeutete, hatte man mir ja schon genommen und meine Freiheit bedeutete mir nichts. Es war mir alles Egal geworden. Nichts war mehr da für das es sich zu leben lohnte. Ich stand morgens auf und ging abends schlafen. Dass ich dies im Gefängnis tat, hatte ich gar nicht richtig wahr genommen. Nichts war dazwischen als Leere, unendliche Leere. Nachdenken wollte ich nicht mehr, konnte ich nicht mehr.
Alles in mir war tot.
Sicher, habe ich alles Mögliche versucht heraus zufinden was damals wirklich geschehen war.
Sollte ich wirklich im Stande gewesen sein, dies alles meinem Jungen anzutun. ?
Ja? Nein? Bin ich eine Kindsmörderin?? Hatte ich wirklich versucht mein Kind zu töten??
Warum hätte ich das Einzige das mir noch geblieben war, töten sollen?????
Man schloß mich an einen Lügendetektor an. , Wobei man mir aber auch gleich erklärte, dass das Ergebnis keinerlei relewants auf meinen Fall hätte. Als nächstes ließ mich drei Mal in Nakose versetzen. Mein zuständiger Physologe hatte mir dazu geraten. Es war ein Methode die in Amerika schon des öfteren zu Erfolg

geführt hatte, da man in Narkotesiertem zustand
Fragen beantwortet, ohne selber Einfluss darauf
nehmen zukönnen. Ich würde also in jedem Fall die
Wahrheit sagen. Dass meine Aussage vor Gericht nicht
zählen würde, war mir dabei ziemlich egal. Es war
wichtig für mich. Ich wollte nur wissen, ob ich das was
man mir vorwarf auch getan hatte.
Etwas hätte mir auf jeden Fall auffallen müssen,
damals bei der Exfrau meines Bruders Auf ihrem
Wohnzimmertisch lagen Bücher über Addooptionen.
Ich fragte mich, wozu sie sich diese Bücher besorgt
hatte.
Leonie hatte einen Sohn gehabt, mit ihrem ersten
Mann. Es wurde immer erzählt, dass er gestorben sie
als Kleinkind.
Andere Male, er zählte sie mir, dass sie ihn zur
Adoption frei gegeben hätte.
Wie auch immer, was sollten diese Bücher. Sie war
nicht verheiratet und erfüllte auch sonst keine der
Anforderungen, die das Jugendamt an jemanden stellen
würde, der ein Kind adoptieren will.
Ich erzählte auch das meinem Anwalt. Aber es schien
sich niemand dafür ernstlich zu interessieren.
Alles was mir von meinem Sohn noch geblieben war,
war ein Foto, ein Strampler und der kleine
Elefantenteddybär. Diese drei Dinge habe ich heute
noch.
Nach ein paar Monate in Untersuchungshaft wurde ich
zu zwei Jahren Haft verurteilt und es dauerte gar nicht
lange, da tauchte auch schon das Jugendamt bei mir
auf. Man erklärte mir,
dass mein Sohnl nun bei einer Familie in Pflege leben
würde, die ihn auch gerne adoptieren würde. Nach

allem was geschehen wäre, würde ich mein Kind
sowieso nie mehr sehen. Man erklärte mir, dass Beste,
dass ich jetzt noch für meinen Sohn tun könne, wäre
die Einwilligung zu einer Adoption zugeben, was ich
auch tat.

Ich glaube, ich habe in meinem ganzen Leben noch nie
etwas so bereut, wie diese Unterschrift. Damals dachte
ich es sei das Beste so.

Nach zwei Jahren guter Führung wurde ich entlassen.
Da ich niemand sonst hatte und auch nichts besaß, ging
ich wieder zurück zu meiner Schwester. Langsam aber
sicher fand ich wieder zu mir selber, baute mich Stück
für Stück wieder auf.

Eine Zeit lang, versuchte ich auch meinen Fall wieder
aufzurollen. Suchte die damals behandelten Ärzte auf,
sah Untersuchungsunterlagen ein, las Zeitungsartikel
über meinen Fall.

Aber es brachte nicht viel. Außer, dass je mehr ich
nachforschte, die ganze Sache noch verworrener
wurde.

Der Kinderarzt, bei dem meine Exschwägerin damals
mit meinem Jungen zu erst war, der selbe Arzt der
Würgemale und Kratzspuren gefunden hatte, war
plötzlich spurlos verzogen.

Ich fuhr zum Winterbergkrankenhaus zu dem dort
behandelten Kinderarzt. Als er verstanden hatte wer ich
war und was ich von ihm wollte, bekam er zuerst eine
heiden Angst vor mir. Ich verstand zuerst gar nicht
wieso. Ich versuchte ihm zu erklären, das ich nur
herausfinden wollte, was mit meinem Sohn wirklich vor
zwei Jahren geschehen war. Er konnte mir nur sagen,
das er keine Würgemale festgestellt hätte, Daniel
gutgenährt gewesen sei und auch sonst einen

gepflegten Eindruck auf ihn gemacht hätte. Ich bat ihn um seine Unterstützung, falls ich den Fall wieder aufrollen würde. Er weigerte sich.

Ich bat jemand, den ich gut kannte, mir bei den Recherchen zu helfen, aber alles was es mir brachte war, dass ich erfuhr dass mein Junge nun bei einer Frau vom Jugendamt lebte.

Es schien mir sinnlos und ich gab auf.

Wichtig war jetzt, mir wieder ein Leben aufzubauen. Alles was ich vorher hatte, hatte ich verloren, also musste ich wieder ganz von vorne anfangen.

Dazu brauchte ich eins ganz dringend und reichlich: Geld!

Also suchte ich mir Arbeit. Abends ging ich bedienen, morgens putzen und mittags half ich in einem Imbiss. Die drei Jobs waren für mich nur von Vorteil. Zum einen brachte es mir eine Menge Geld, zum andern hatte ich nicht viel Zeit über alles nach zudenken.

Eines Abends ging ich mit meiner Schwester und ihrem Mann noch etwas trinken. Dabei lernte ich einen Mann kennen. Mit der Zeit fanden wir beide heraus, dass wir sehr viel gemeinsam hatten.

Auch er war kurz vorher aus dem Gefängnis entlassen worden. Auch er hatte kein richtiges zuhause. (Er hatte ein Zimmer über der Wirtschaft gemietet. Aber vor allem suchte er jemand der ihm einen Halt gab, jemand der ihm Zärtlichkeit geben konnte.

Na ja, bei mir war Zärtlichkeit auch Mangelware, nach zwei Jahren Gefängnis. Also gaben wir uns gegenseitig was wir brauchten

Ich kann mich noch sehr gut daran erinnern, dass wir manchmal stundenlang spazieren gingen und nur redeten. Rene konnte bestimmt nicht viel, aber er konnte stundenlang zuhören.

Irgendwie war dies genau das was ich brauchte.

Leider blieben wir nicht beim spazieren gehen und so landeten wir irgendwann im Bett, was nicht ohne folgen blieb. Ich wurde schwanger.

Sicher, Rene war bestimmt alles andere als ein Traummann: klein, dick, versoffen und arbeitsscheu. Aber er wollte für mich und das Kind da sein.

Wir suchten uns eine Wohnung und richteten uns so gut es ging ein. Alles aus dem An- und Verkauf.

Oh, ja, wir hatten wirklich nicht viel und das was wir hatten war größten teils gebrauchter Schrott. Doch es war scheinbar das einzigste womit sich Rene auskannte. Schrott zukaufen und wieder zuverkaufen. Zumindest hing er die meiste zeit des Tages in einem dieser Geschäfte rum und verdiente sogar ab und zu etwas damit. Jedenfalls konnte er immer damit Geld auftreiben.

Teilweise ging Rene zu dieser Zeit sogar an den Bau arbeiten. Ich arbeitete auch. , Nachts in einer Bar und morgens ging ich putzen. Trotzdem reichte das Geld hinten und vorne nicht. Was wir tagsüber verdienten vertrank Rene abends wieder und er vertrug eine ganze Menge.

Zwanzig- dreißig Bier am Abend und man merkte es ihm nicht einmal an.

Irgendwie ging es mir damals trotz allem richtig gut..

Es machte mir Spaß die Wohnung einzurichten und für das Kind dass wir erwarteten ein Zuhause zuschaffen.

Kurz vor der Geburt unserer Tochter, heirateten wir.

Die erste zeit mit dem Kind war nicht leicht für mich, da ich Angst hatte, ich hätte Daniel vielleicht doch etwas *angetan und es könnte wieder etwas passieren. Aus diesem Grund ging ich gleich zum Jugendamt und bat einen ihrer Sachbearbeiter, dem ich die ganze Vorgeschichte erzählte, um Hilfe. Ich bat ihn regelmäßig vorbei zu kommen um nach dem Kind zuschauen.*

Zum Glück kam er immer umsonst, aber ich fühlte mich so wohler.

Die ersten zwei Jahre waren eigendlich die schönsten Jahre die wir zusammen hatten. Wir hatten wirklich nicht viel und heute frage ich mich manchmal, wie wir das eigendlich immer schafften, aber es fuktionierte.

Zumindest, bis dem Tag als Rene mich zum ersten Mal schlug.

Ich weiß heute nicht mehr genau um was wir uns eigendlich gestritten hatten.

Ich weiß nur noch, dass er betrunken nach Hause kam, ein Wort gab das andere und plötzlich schlug er mich ins Gesicht. Das war zu viel, damit hatte ich nicht gerechnet. Ich stand da und schaute ihn nur an und er ging zurück in die Wirtschaft.

Am nächsten Tag hatte ich Geburtstag und ich wollte alles nur nicht diesen Geburtstag mit dem Mann feiern der mich geschlagen hatte. Also nahm ich mein Kind, packte ein paar Kleider ein und fuhr zum nächsten Frauenhaus. Ich hatte furchtbare Angst davor das wenn Rene nach Hause käme, er mich wieder schlagen würde.

Ich schämte mich ins Frauenhaus zugehen, aber ich hatte keine andere Wahl.

Dort angekommen, weiß man mir zuerst ein Zimmer zu wo wir schlafen und ich mich um meine Tochter kümmern konnte.

Dann kümmerte man sich um die Wunden in meinem Gesicht. Sie waren nicht so schlimm, wie die Scham die ich empfand. Ich schämte mich zu Boden. Es kam mir vor als wäre alles was passiert war meine Schuld gewesen.

Und ich hatte Angst was er tun würde, wenn er nach hause käme und würde feststellen das ich nicht da bin. Man warnte mich im Frauenhaus davor zu diesem Mann zurückzugehen. Sie sagten mir das ein Mann, der einmal seine Frau schlägt, es immer wieder tut würde, aber das wollte ich nicht glauben.

Ich fühlte mich verloren. Dieses Zimmer im Frauenhaus war nicht unser zuhause und sollte es auch nicht sein. Plötzlich wollte ich nur noch Heim. Also nahm ich meine Tochter und unsere Sachen und stieg in den Bus nach Hause.

Als ich die Tür aufsperrte war Rene noch nicht da. Er hatte gar nicht bemerkt, dass ich einen Tag nicht da war.

Er kam am späten Nachmittag nachhause, mit einem Strauß Blumen. Erstens, weil ich ja Geburtstag hatte, und zweitens als Entschuldigung. Er versprach mir, mich nie wieder zu schlagen, was ich ihm, aus welchen gründen auch immer, glaubte.

Ein paar Wochen lang gab er sich auch wirklich die grösste Mühe, doch dann begann alles wieder von vorne. Er suchte Streit um in die Kneipe zu gehen, trank, kam nach Hause, und es gab wieder Streit. Ja, wir stritten und versöhnten uns.

Bei einer solchen Versöhnung wurde unser Sohn Sascha gezeugt. Damals dachte ich dass dieses Kind einen ganz neuen Anfang für uns sein könnte. War es *auch, leider nicht ganz so wie ich es mir vorgestellt hatte.*

Als ich zur Geburt unseres Sohnes im Krankenhaus lag, kam Rene und erzählte mir, er habe eine neue Wohnung gefunden. Dies war bei ihm nichts neues, denn immerhin waren wir bereits drei Mal in vier Jahren umgezogen. Immer fand er eine Wohnung die besser als die vorhergehende war. Doch dieses mal hatte er ausnahmsweise Recht.

Die Wohnung war wirklich ein Traum. Fünf Zimmer und ein Küche.

Ja, diese Wohnung war wirklich wunderschön. Aber sie war auch schön teuer. Eigendlich konnten wir sie uns gar nicht leisten. Nun war das Geld erst recht knapp. Die neue Wohnung hatte sehr hohe Räume und kostete uns im Winter viertausend Mark allein an Heizöl. Außerdem besaß die Wohnung kein Badezimmer Mit dem bisschen was wir hatten, versuchten wir so gut es ging ein Zuhause zuschaffen.

Renes Leben war ein einziger An- und Verkauf geworden. Immer wieder kaufte er Schrott um ihn wieder zuverkaufen um neuen Schrott zukaufen. Zwar erzielte er keine großen Gewinne damit, aber wir mussten auch nie hungern. Irgendwie schaffte er es immer wieder Geld aufzutreiben. Wenn kein Geld mehr da war, verkaufte er halt etwas.

Doch auf die Dauer konnte es so nicht weiter gehen. Ich musste wieder arbeiten. Durch die beiden kleinen Kinder, meine Tochter war zwei Jahre und mein Sohn erst ein paar Monate alt, konnte ich nur nachts arbeiten Eine Freundin von mir arbeitete damals auf dem Straßenstrich und je mehr ich darüber nachdachte, fand ich, dass dies genau das Richtig für mich war.

Ich würde viel Geld in kürzester Zeit verdienen und könnte tagsüber bei meinen Kindern sein. Ich sah gut aus und hatte eine gute Figur. Also, wo lag das Problem? !

Rene war es egal mit was ich das Geld das er abends in die Kneipe trug verdiente. Hauptsache es war überhaupt welches da.

Man sollte meinen, Rene sei mein Zuhälter gewesen, aber das stimmt nicht.

Als Prostituierte zu arbeiten war ganz allein meine Entscheidung. Für mich war es damals das Beste was ich tun konnte. Meine Mutter sagte immer, dass es keine rolle spielen würde, mit was man sein Geld verdiene, wichtig wäre nur, dass man es mit Würde täte. Und meine Würde hatte ich dabei nie verloren.

Man hat ein total falsches Bild von einer Prostituierten. Niemand verkauft sich auf der Straße. Man vermietet nur ein Teil seines Körpers. Auch die Freier die ich hatte waren eigendlich ganz in Ordnung. Männer halt, denen es egal aus welchen Gründen auch immer, an Sex fehlte.

Nur eines duldete ich nie: Dass mich ein Kunde im Gesicht anfasste oder sogar küsste.

Ich konnte mich wirklich nicht über meine Kunden beschweren. Die meisten waren netter zu mir als mein eigener Mann. Zumindest hatten sie eine gewisse Achtung vor mir. Niemand von ihnen hatte mich je als eine Nutte behandelt.

So stand ich also jeden Abend, sobald es dunkel wurde auf der Strasse. In einer Nacht verdiente ich ungefähr 300 DM.

Von dem Geld dass ich verdiente renovierten Rene und ich und bauten ein Bad in die neue Wohnung.

Meine Ehe lief bis dahin sogar ziemlich gut. Ich konnte arbeiten gehen und Rene war in dieser Zeit bei den Kindern. (Dachte ich zumindest)

Eines Abends brachte mich einer meiner Kunden nach Hause. An einer roten Ampel an der wir anhalten mussten, sah ich Rene betrunken an einer Imbissbude stehen. Ich fuhr sofort nach Hause zu den Kindern. Als Rene später nach Hause kam, gab es einen riesigen Krach, weil er die Kinder alleine gelassen hatte.

Wir stritten uns an diesen Abend ganz fürchterlich und wie nach jedem Streit zog Rene sich danach zurück in die Kneipe.

Ich war wütend und ging ins Bett. Irgendwann, spät in der Nacht, ich hatte schon geschlafen, kam er Heim. Er tobte wie ein Verrückter herum und wir schrieen uns gegenseitig an.

Wir waren im Wohnzimmer, plötzlich schlug er mich ins Gesicht und ich fiel zu Boden. Er warf sich auf mich, zerriß meine Unterhose, drückte meine Beine auseinander und vergewaltigte mich.

Ich versuchte mich zuwehren, aber bei einem Mann der über das doppelte von einem selber wiegt, ist dies gar nicht so einfach. Meine Chancen waren gleich Null.

Er schrie mich an, ich solle mich nicht so anstellen, schließlich sei ich doch eine Nutte und hätte es gern. Er sagte, er würde sich nur das nehmen, was ich jedem gäbe.

Als er endlich von mir abließ und Aufstand sagte ich ihm er sei ein Schwein und die Butter auf dem Brot nicht wert.

Das war scheinbar zuviel.

Er warf mich gegen die Wand, legte seine Hand um meinen Hals und schlug mit der anderen mir so lange ins Gesicht, bis ich zu Boden ging. Dann trat er mir ein paar Mal in die Rippen und vergewaltigte mich. Ich schrie und weinte-

Die Kinder die durch den Radau wach geworden waren schrieen im Kinderzimmer.

Aufstehen konnte ich nicht. Rene zog mich an den Haaren bis ins Kinderzimmer. Dort wurde ich schließlich bewusstlos.

Als ich wieder zu mir kam, waren fünf Stunden vergangen und Rene nicht mehr da.

Die Kinder waren wieder eingeschlafen.

Ich schleppte mich ins Bad um mir das Blut aus dem Gesicht und von den Beinen zuwaschen.

Bilanz des Abends: Ein zerschlagenes Gesicht, ein gebrochener Kiefer, zwei Rippenbrüche und was das Schlimmste war: eine Vergewaltigung.

Mir lief das Blut an den Beinen herunter

Die körperlichen Schmerzen waren nicht das Schlimmste. Viel schlimmer war das Gefühl, dass man jemanden ausgeliefert ist. Dass ein anderer einem seinen Willen aufzwingt. Dieser Mann war in mich eingedrungen wie ein wildes Tier, hatte mir seine Zunge in den Mund gedrückt, obwohl ich es nicht wollte, mich angefasst gegen meinen Willen.

Jeder Stolz in mir war gebrochen. Ich schämte mich für das was geschehen war.

Mir war nur noch schlecht.

Nach zwei Tagen ließ sich Rene wieder zu hause blicken. Als er mich sah, meinte er nur „sieht gut aus"

Ich hasste diesen Mann der mir das angetan hatte, der mich so tief gedemütigt hatte. Ich sagte ihm, dass, wenn er es noch einmal wagen würde mich anzurühren, ich ihn töten würde. Und ich schwöre bei Gott, ich hätte es getan. Von diesem Moment an gingen wir uns so gut es ging aus dem Weg.

Ich konnte nicht einfach weglaufen. Wo hätte ich sollen hin? Mit zwei kleinen Kindern?

Nein, ich musste aushalten. Auf meine Chance warten. Rene wusste, sobald ich eine Möglichkeit sehen würde, würde ich ihn verlassen. Und er wusste, wenn er mich noch ein einziges Mal angreifen würde, würde ich ihn töten. Manchmal glaube ich, er damals sogar ein wenig Angst vor mir. Ich hatte nichts mehr zu verlieren. Das Einzigste was ich je hatte, war mein Stolz und der war vernichtet. Zumindest war nicht mehr all zu viel von ihm übrig geblieben.

Die nächsten Wochen konnte ich nicht vor die Türe, so wie ich aussah, also sperrte er immer, wenn er das Haus verließ hinter sich ab. Es war ein furchtbares Gefühl, wenn ich nachts seinen Schlüssel in der Tür hörte und nicht wusste ob er wieder getrunken hatte und was geschehen würde.

Manchmal legte ich mich einfach ins Bett und tat so, als ob ich schliefe. Wenn er sich dann neben mich legte und mich anfasste ekelte ich mich so, dass ich aufstehen musste und mich übergab. Ich glaube der Ekel vor diesem Mann war schlimmer als der Hass den ich empfand.

Ich hatte Angst vor diesem Mann. Ich hatte Angst davor er würde mich ohne meine Kinder rauswerfen. Doch dies tat er nicht, er Wusste, dass er dann abends nicht mehr weg konnte und das war ihm zu wichtig.

Doch Mitlehrweilen ging ihm das Geld aus und er wusste er hatte keine andere Wahl, als mich arbeiten gehen zu lassen. Nach sechs Wochen war mein Gesicht einigermaßen wieder geheilt, zumindest so das ich es gut überschminken konnte, also ging ich wieder auf die Straße. Doch diesmal aus anderen Gründen. Diesmal nicht um die Wohnung zurenovieren, sondern nur aus einem Grund: Um genug Geld zusammen zubekommen um diesen Mann zu verlassen. Aber ich hatte noch ein Problem: Ich musste doppelt so viel Geld verdiene in der Hälfte der Zeit. Es durfte ihm nicht auffallen, dass ich Geld auf die Seite legte. Außerdem wusste ich jetzt, dass Rene nicht bei den Kindern blieb in der Zeit in der ich arbeiten ging, und ich wollte sie nicht Stunden lang alleine lassen.

Ich machte mit meinen Kunden Termine, so das niemand auf mich warten musste, und ich die Zeit, in der ich arbeitete am besten nutzen konnte. Außerdem erfüllte ich jetzt auch Extrawünsche, was mir mehr Geld einbrachte.

Ich erzählte meiner Stammkundschaft was geschehen war und sie unterstützten mich bei meinem Vorhaben. Aber ich hatte noch ein anderes Problem. Ich konnte das Geld, dass ich „EXTRA" verdiente nicht mit nach Hause nehmen, Rene hätte es wahrscheinlich gefunden und es mir weggenommen, also musste ich es jemanden anvertrauen. Aber wem?

Bei meinen Kunden war ein junger Mann aus Saarlouis,. Ich erzählte ihm alles und er kam jeden Abend vorbei um das Geld an sich zunehmen. Ich durfte gar nicht darüber nachdenken was wäre, wenn er sich mit dem Geld auf und davon gemacht hätte.

Nein, ich hatte keine andere Wahl, als diesem Mann, den ich nur als Freier kannte, zu vertrauen.

Man merkte diesem Mann an dass man ihm vertrauen konnte.

Reiner war ein lieber Mann.

Manchmal kam er abends zu mir an die Straße und wir gingen einfach nur Kaffee trinken.

Eines Abends kam er und erzählte mir, dass er in der Nähe von Saarlouis eine Wohnung für mich und die Kinder gefunden hätte. Er sagte mir, wenn ich einverstanden wäre, würde er die Wohnung für mich anmieten und sich um alles kümmern.

Natürlich war ich einverstanden. Egal wie diese Wohnung sein würde, alles wäre besser als länger bei diesem Mann zubleiben. Also mietete Roland die Wohnung. Es war eine wunderschöne drei Zimmer Wohnung mit Balkon.

Zwei Tage später brachte er mir die Schlüssel. Aber Rene sperrte immer noch die Türe hinter sich ab, wenn er das Haus verließ. Wie sollte ich aus der Wohnung, was würde er tun, wenn er merken würde dass ich ihn verlasse und vor allem, wie sollte ich mit den Kindern nach Saarlouis kommen? Alles musste gut geplant und sehr vorsichtig geschehen. Vie mehr als unsere Kleidung würde ich nicht mitnehmen können.

Ich verabredete mich mit Reiner, dass er am nächsten Tag ab zehn Uhr mit seinem Auto vor unserm Haus warten sollte. Rene kam eine Stunde später nach Hause. Ich nahm meine Kinder auf den Arm und sagte ihm, dass ich ihn verlassen würde.

Ich sagte ihm auch, dass, wenn er mich nicht gehen ließe oder mich schlagen würde, ich ihn Töten würde.

Er muss es mir geglaubt haben, jedenfalls schaute er mich nur groß an und lies mich gehen.

Ich ging nach unten, stieg bei Reiner ins Auto und wir fuhren zu meiner neuen Wohnung.

Sie war wirklich sehr hübsch. Aber auch sehr teuer.

Mein ganzes Geld dass ich gespart hatte ging auf die erste Miete und die Kaution drauf.

Ich hatte keine Möbel mehr und auch nicht mehr viel Geld um welche zukaufen. Doch Reiner half mir. Am gleichen Tag organisierte er ein Kinderzimmer und eine Matratze für mich.

Er kam nun jeden Tag und immer hatte er etwas dabei dass ich gut gebrauchen konnte. Aber ich brauchte noch etwas anderes: Arbeit!

Auch die besorgte er mir. Eine Freundin von ihm hatte ein Restaurant in Saarlouis und suchte eine Bedienung für abends. Also stellte ich mich bei ihr vor und bekam den Job.

Super, ich war glücklich.

Jetzt hatte ich eine Arbeit und eine Wohnung, aber vor allem war ich weit weg von Rene. Doch scheinbar nicht weit genug. Rene schien mich ständig zu beobachten. Er rief mich jeden Tag an und wusste genau, wo ich war und was ich anhatte.

Er wollte mir Angst machen. , Was ihm auch gelungen war. Zu meinem Schutz zog Reiner bei mir ein. Nun hatte ich auch jemand, der abends, wenn ich arbeitete bei den Kindern war.

Er war wirklich gut zu uns und mit der Zeit kamen wir uns näher. Nicht als Prostituierte und Freier, sondern als Mann und Frau. Doch er brauchte sehr viel Geduld.. Jedes mal, wenn er mit mir schlief fing ich an zuweinen und stieß in plötzlich weg. Ich konnte die

Vergewaltigung nicht vergessen. Jedes Mal fühlte ich mich benutzt. Es war wirklich schlimm. Es dauerte Monate, bis wir ganz normal miteinander schlafen konnten ohne das es in einem Weinkrampf endete. Reiner hatte wirklich sehr viel Verständnis für mich. Was auch wichtig für mich war, er trank keinen Alkohol und so wusste ich, er wäre nie so betrunken, dass er mich schlagen oder vergewaltigen würde. Reiner war sowieso ein sehr ruhiger Mensch. Krach zwischen uns oder mit den Kindern gab es eigendlich soweit ich mich erinnern kann nie. Er versuchte immer alles in ruhe zuregeln.

Die Kinder mochten ihn von Anfang an. Mein Sohn sagte auch gleich „Papa" zu ihm. Er war noch zu klein und hatte seinen richtigen Vater schnell vergessen. Meine Tochter, damals drei Jahre alt, fragte am Anfang noch ab und zu nach Rene, aber mit der Zeit legte sich das. Kinder vergessen zum Glück schnell. Eines jedoch ist bei beiden zurück geblieben, sie mögen nicht, wenn jemand Alkohol getrunken hat.

Reiner arbeitete in einer Bäckerei. Jeden Morgen brachte er uns frische Brötchen oder Kaffeestückchen mit. Er bemühte sich wirklich sehr um uns. Jeden Sonntag machte er mit uns einen Ausflug. Wir gingen Pikniken, fuhren in Freizeitparks und unternahmen auch sonst sehr viel. Die Kinder und ich fühlten uns richtig wohl in seiner Nähe. Wir lernten eine Seite des Lebens kennen die wir vorher noch nicht kannten. „Ein ganz normales Leben" ohne Alkohol, ohne Brutalität. Wir führten ein ganz geregeltes Leben.

Reiners Familie wohnte in der Nähe von Schwalbach. Mit seinen Eltern verstand ich mich am Anfang fast zu

gut. *Vor allem mit seiner Mutter. Ständig kaufte sie uns
etwas und verwöhnte die Kinder.*

*Immer wieder redete sie auf Reiner ein, wir sollten doch
zu ihnen ins Haus ziehen. Eigendlich wäre ich lieber
mit Reiner und den Kindern in unserer Wohnung
wohnen geblieben, doch er liebte seine Eltern sehr und
es hätte ihm gut gefallen wieder bei seinen Eltern zu
wohnen. Also willigte ich ein. Meine Kinder sagten jetzt
auch schon Oma und Opa zu Reiners Eltern.*

*Alles lief soweit gut, bis zu dem Tag an dem Reiner sehr
krank wurde.*

*Er bekam eines Tages sehr schlimme Magenschmerzen
und ich brachte ihn ins Krankenhaus.*

*Diagnose: Magendurchbruch und Darmverschluss.
Darauf folgte eine siebenstündige Operation. Man
stellte dabei fest, dass er an einer chronischen Magen-
Darmkrankheit namens Morbus-Chrom leidete.*

*Alles wurde anders. Durch die starken Medikamente
die er ab jetzt nehmen musste wurde er ganz apathisch.
Wenn man mit ihm redete, schaute er einen zwar an,
aber war dennoch die meiste zeit abwesend.*

*Immer wieder wurde er schwer krank und musste ins
Krankenhaus wo man ihm Stück für Stück mehr Teile
seines Magens oder seines Darms entfernte.*

*Die Krankheit nahm ihn mehr und mehr mit. Er wurde
immer stiller.*

*Aber nicht nur er veränderte sich. Auch seine Eltern.
Wir wohnten im gleichen Haus eine Etage über ihnen.
Plötzlich waren die Kinder zulaut, dann wollten sie
nicht mehr, dass die Kinder sie als ihre Großeltern
sahen, man kontrollierte meinen Müll, ob ich nichts
Unnötiges wegwerfen würde. U.s.w. u.s.w.*

*Die Feindseligkeiten wurden immer schlimmer. Ich
weiß gar nicht mehr wie oft ich unten bei ihnen war
und sie gefragt habe, was eigendlich los sei. Was ich
ihnen plötzlich getan hätte. Keine Antwort.
Zum endgültigen Zerwürfnis kam es als Reiner mal
wieder im Krankenhaus operiert wurde. Es stand gar
nicht gut um ihn und ich verbrachte die meiste Zeit im
Krankenhaus.
Man hatte Reiner in ein künstliches Coma versetzt.
Ich ging morgens mit Sascha zum Auto um ihn in den
Kindergarten zubringe damit ich ins Krankenhaus
konnte. Plötzlich kam Reiners Mutter aus dem Haus zu
mir ans Auto. Sie fragte mich, wo ich hin wollte. Ich
sagte ihr, dass ich auf den weg ins Krankenhaus sei. Sie
meinte nur, ich bräuchte nicht mehr zufahren, ich
käme sowieso zu spät.
Was war geschehen? Sollte er in der Nacht gestorben
sein? Was sollte der Satz anderes bedeuten. Ich drehte
fast durch. Ich saß im Auto und fing an zuweinen. Es
dauerte Minuten, bis ich mich aufrappelte und ins
Haus zurück ging.
Ich rief meine Schwester an und sagte ihr was
geschehen war. Sie meinte ich solle mich jetzt nicht
aufregen und sie käme sofort um mit mir ins
Krankenhaus zufahren.
Als ich später im Krankenhaus anrief um Näheres zu
erfahren und zu fragen ob ich in noch einmal sehen
durfte, erklärte man mir das es Reiner relativ gut gehen
würde, man würde ihn zwar immer noch im Coma
halten, aber es ginge ihm den Umständen entsprechend
gut.
Ich stand unter Schock Er lebte. Ich rief wieder meine
Schwester an und sagte ihr die ganze Zeit" Reiner lebt,*

er lebt!" Ich weinte und lachte in einem. Meine Schwester verstand gar nichts mehr.

Als ich mich wieder einigermaßen beruhigt hatte, ging ich runter zu Reiners Eltern. Ich war wütend. Sie hatte die Tür zugesperrt, dies war ihr Glück. Ich weiß nicht was ich getan hätte, hätte ich sie in die Finger bekommen.

Einige Minuten später traf meine Schwester bei mir ein und ich fuhr ins Krankenhaus. Eine Krankenschwester dort sagte mir, das seine Eltern versucht hätten zu veranlassen, dass der Arzt mir das Besuchsrecht verbieten solle. Die Ärzte dort kannten mich und so standen Reiners Eltern gegen mich auf verlorenem Posten. Man verstand nicht was das Ganze sollte. Und ehrlich gesagt, ich verstand es auch nicht.

Was sollte das Alles? Was hatte ich diesen Menschen getan? Seine Mutter gab mir sogar die Schuld daran das er krank geworden war.

Als ich nach hause kam stellte ich Reiners Mutter zur Rede. Sie meinte nur, dass sie sich vielleicht falsch ausgedrückt hätte und es ein Missverständnis gewesen sei. Aber mir reichte es. Ich sagte ihnen, dass ich ausziehen würde.

Meine Schwester hatte ein Mehrfamilienhaus in Brebach und bot mir darin eine Wohnung an. Ich sagte sofort zu. Zwei Tage später kam mein Schwager mit einem Lastwagen, ich packte meinen Sachen und zog mit meinen Kindern nach Brebach.

Die Wohnung war grauenvoll. Zwei klein Zimmer und eine Kochnische. Überall auf dem Boden lagen vom Kammerjäger getötete Kakerlaken. Aber es war mir egal. Hauptsache ich hatte meine Ruhe.

Es dauerte zwei Tage, bis ich alles sauber und renoviert hatte. Ich lieh mir von meiner Schwester tausend Mark und richte mich notdürftig ein. Kühlschrank, Waschmaschine, Kinderzimmer Wohnzimmer, alles aus gebraucht aus der Zeitung.

Es war nicht viel, aber es reichte für mich und die Kinder.

Leider musste ich mir auch eine neue Arbeit suchen, denn jeden Tag nach Saarlouis zufahren war mir ehrlich gesagt zu weit. Also nahm ich eine Stelle in einem Hotel an und führte dort nun die reception.

Einige Tage später fuhr ich zu Reiner ins Krankenhaus. Es ging ihm mitlerweilen wieder besser. Ich erklärte ihm, dass ich aus dem Haus ausgezogen war. Ich sagte ihm, dass er, wenn er wolle nach der Endlassung aus dem Krankenhaus gerne zu mir und den Kindern ziehen konnte.

Nur mit seiner Familie wolle ich nichts mehr zu tun haben.

Es dauerte wenige Wochen bis Roland entlassen wurde, und schon stand er vor meiner Tür. Also zog er zu mir und den Kindern die sich sichtlich darüber freuten.

Reiner ging es von Tag zu Tag besser aber er wurde nie wieder ganz gesund. Immer, wenn wir dachten, jetzt sei er endlich über den Berg und hätte die Krankheit besiegt, brach sie auf s neue aus.

Ich glaube er hatte sehr große Schmerzen. Überall in seiner Kleidung konnte man Schmerzmittel finden. Er nahm sie so regelmäßig, bis er schließlich abhängig wurde.

Reiner ging zu dieser Zeit auch wieder arbeiten. Er führ nachts mit einem kleinen Lieferwagen Eilgut aus.

Nachts arbeitete er und tagsüber schlief er die meiste Zeit.

Eine wunderbare Ehe: Wir gingen jeder seiner Wege und dies sehr harmonisch. Viel zusagen hatten wir uns nicht. Und wenn ich mal versuchte mit ihm über uns oder die Kinder zusprechen, war er meistens so daun und vollgepumpt mit Medikamenten, dass er sowieso nicht viel mitbekam.

Ihn interessierte nichts mehr, außer woher er die nächsten Medikamente her bekam.

Irgendwann kam meine Schwester zu mir und fragte mich ob ich mit ihr an Karneval ausgehen wollte.

Sicher, klar wieso nicht. Etwas Abwechslung würde mir nicht schaden, dachte ich.

Christian

Ich liebe tanzen, also sagte ich, ja.

Wir gingen am fetten Donnerstag auf die Weiberfastnacht ins Schwimmbad nach Fechingen.

Die Stimmung im Saal war sehr gut, trotzdem saßen wir, da wie bestellt und nicht abgeholt.

Irgendwann im Laufe des Abends kamen ein paar junge Männer rein. Einer von ihnen, Christan, saß im Rollstuhl. Da schon die Halle ziemlich voll mit Gästen war, fragten sie uns, ob sie sich zu uns setzen könnten. Klar, kein Problem. Wie verstanden uns auf Anhieb.

Irgendetwas fastzienierte mich an diesem Mann. Er tanzte wie ein junger Gott, trotzdem das er im Rollstuhl saß.

Wir tanzten und redeten die ganze Nacht. Alles an diesem Mann fand ich toll.

Er war gebildet, sah aus wie Richard Gier, konnte tanzen, hatte Manieren. Er war ganz einfach der

Wahnsinn. Noch nie im meinem Leben war mir ein Mann wie er begegnet.

Es war ein wunderbarer Abend. Aber ich sagte ihm auch gleich, das ich nur zum tanzen hier sei, und nicht um mir einen Mann zusuchen

Ich erzählte ihm von Roland und das ich glücklich verheiratet sei.

Als wir uns spät in der Nacht verabschiedeten, küsste er mich zart auf die Wange.

Am nächsten Morgen klingelte das Telefon, Christian. Er fragte, ob ich und meine Schwester keine Lust hätten abends mit ihm und seinen Freunden Karneval in Frankreich zu feiern.

Ja, wieso auch nicht. Ich erzählte Reiner alles von dem vorherigen Abend und fragte ihn ob er nicht Lust hätte mit uns auszugehen. Er stimmte zu und wir verbrachten einen wunderbaren Abend.

Als Reiner und ich morgens früh nach Hause kamen, kochte ich uns noch eine Tasse Kaffee. Was dann geschah haute mir den Boden unter den Füßen weg. Roland schaute mich an und sagte" gell, du liebst diesen Mann!

Er meinte Christian. Ich war sprachlos. Was hätte ich ihm auch antworten sollen. Er hatte schließlich Recht mit seiner Vermutung.. Ich war über beide Ohren verliebt.

Richtig verliebt, dass erste mal in meinem Leben. Mit diesem Mann wäre ich bis ans Ende der Welt gegangen. Roland erzählte mir auch in dieser Nacht, das er seit längerer Zeit jemand kennengelert hätte.

Also beschlossen wir uns zutrennen.

Wir redeten mit meiner Schwester und sie gab ihm eine andere Wohnung im Haus.

Genauso friedlich wie unsere Ehe war, genauso friedlich trennten wir uns. Ganz ohne Streit teilten wir den Haushalt auf und Reiner zog aus.

Wir wohnten zwar immer noch im selben Haus, aber in getrennte Wohnungen.

Christian sah ich immer öfter. Er kam als zu mir oder wir verbrachten das Wochenende in seinem Haus in Frankreich.

Was für ihn wesendlich angenehmer war.Schließlich war in seinem Haus alles passend für einen Rollstuhlfahrer eingerichtet. Die Türen waren briet genug. Alles war in der Höhe angebracht, dass er im sitzen an alles dran konnte. Das Badezimmer, ja, das gesamte Haus war halt behinderten gerecht eingerichtet.

Diesen Vorteil hatte meine Wohnung in Brebach nicht. Ich wohnte im Zweiten Stockwerk und Christian musste immer, wenn er bei mir war auf dem Hintern die Treppe herauf kommen.

Im Ganzen war es auf die Dauer kein Zustand und so fragte er mich immer öfter ob ich nicht mit den Kindern zu ihm nach Frankreich in sein Haus ziehen wollte.

Der Ort in dem er lebte war nur fünfzig Kilometer von Deutschland weg, aber trotzdem sträubte sich alles in mir.

Sicher, sein Haus war wunderschön, mit Garten, in einer sehr ruhigen Vornehmenwohngegend. Aber irgendwie kostete es mich sehr viel Überwindung dann doch endlich zu ihm zu ziehen.

Also verließ ich Deutschland und zog mit meinen Kindern nach Frankreich in Christians Haus.

Irgendwie ist es auch immer so geblieben. Es wurde nie

mein Zuhause, sondern ich wohnte bei Christan in seinem Haus.

Ich suchte mir eine neue Arbeit und kümmerte mich um sein Haus.

Christian spielte Tennis. Nein, nicht nur so zum Spaß oder als Hobby. Er war ein Ass darin.

Er spielte seit seinem Unfall Tennis im Rollstuhl und war mittlerweile zweimaliger Weltmeister und Nummer neun der Weltrangliste.

Logisch das so etwas das Selbstwertgefühl ganz schön steigert. Vor allem, wenn er getrunken hatte.

Dann sagte und zeigte er jedem was für ein toller Mann er doch sei.

Hauptsächlich der Frauenwelt.

Es war immer wieder das Gleiche, wir gingen weg, er trank, er amüsierte sich mit andern Frauen, und ich stand wie ein Idiot daneben.

Nein, fremdgegangen ist er nie. Er machte sich halt nur einen Spaß daraus mir zu zeigen, was für ein toller Hecht er doch sei.

Was ihm scheinbar egal war, war die Tatsache, wie Weh er mir damit tat.

Ich liebte diesen Mann abgöttisch und war 24 Stunden am Tag für ihn da, egal ob er ins Bett gemacht hatte, ob er krank war oder was auch sonst immer anlag.

Ich war da.

Nur viel zubedeuten schien ihm dies nicht.

Ich weiß nicht mehr wie oft wir darüber redeten, aber es half nichts.

Mit der Zeit zog ich mich immer mehr zurück.

Wenn er ausging, ging er alleine oder wir fuhren gleich mit zwei Autos damit ich, wenn's, wieder mal brennslich wurde die Flucht ergreifen konnte.

Ich liebte diesen Mann zu sehr um Mitanschauen zukönnen wie er mich zum Trottel machte.

Es tat einfach zuweh. Ich wollte mehr, ich wollte die Frau an seiner Seite sein.

Es hätte mir gereicht, wenn er nur einmal zu mir gestanden hätte. Nur einmal gesagt hätte, das ist die Frau die ich liebe, ich brauche keinen anderen Frauen mit denen ich spielen kann.

Er war der Star und zu einem Star gehören Frauen. Nicht eine scheinbar, sondern viele.

Sicher war es toll, die Welt einmal mit anderen Augen zusehen. Nicht mehr auf jeden Pfennig den man ausgab zuachten. Christian hatte halt einen ganz anderen Lebensstill als der den ich bisher gekannt und gewohnt war..

Er zeigte mir die Welt.Bis her kannte ich allerhöchstens das Saarland. Nun reiste ich mit ihm nach Paris, Italien-Venedig, die Schweiz, Österreich und ganz Frankreich.

Sicher das Leben mit ihm war toll. Bälle, die Welt zusehen. Aber ich war irgendwie nur ein Schmuckstück.

Irgendwann wurde mir klar das es so nicht weiter gehen konnte. Ich wollte mehr sein für ihn als nur eine schöne Frau an der Seite eines Stars. Ich hielt diesen Schmerz nicht mehr aus. Die ständigen Demütigungen. Mir wurde klar, das dieser Mann mich nicht lieben konnte, sonst hätte er mir nicht ständig so weh getan. Ich stellte ihn vor die Wahl. Entweder er würde mich als die Frau an seiner Seite annehmen, oder ich würde gehen. Er sagte nur, „wenn's dir nicht passt, kannst du ja gehen!

Endergebnis war, ich ging!

Wieder nahm ich meine sieben Sachen, meine Kinder suchte mir eine Wohnung und ging.

Wieder stand ich da mit nichts. Und zu allem Überfluss hatte die Firma in der ich arbeitete auch noch Kurzarbeit. Mein Verdienst war also auch nicht gerade weltbewegend.

Aber mir bleib ja schließlich noch mein Stolz.

Außerdem hoffte ich durch mein gehen, das er jetzt endlich merken würde was ich ihm bedeutete. Ich saß in meiner Wohnung und wartete darauf das er endlich anrufen würde um mir zu sagen ich solle zurückkommen und wie sehr er mich vermissen würde. Aber nichts geschah.

Sicher er rief an. Aber scheinbar immer noch nur um mir zu zeigen was für ein toller Hecht er sei. Und ich ging auch noch oft genug zu ihm hin.

Verbrachte die Nacht mit ihm und das wars gewesen. Es waren wundervolle Nächte voller Zärtlichkeit und Sex, aber ich wollte dass er mich liebte Und dies tat er wahrscheinlich nicht.

Sicher, er sagte „Ich liebe dich! Aber er wollte nicht dass ich zu ihm zurück kam.

Nein, ich weiß bis heute nicht, ob er mich wirklich liebte.

Wir sahen uns kaum noch und der Kontakt zu Christian wurde immer weniger.

Eines Tages erzählte mir eine Arbeitskollegin von einem jungen, tollen Mann. Ein guter Freund ihres Mannes, und dass ich doch mal mit ihm ausgehen solle. Die Idee war im Grunde genommen nicht schlecht, somal ich seit der Trennung von Christian nur noch zu Hause herum saß.

Aber was in Gottes Namen sollte ich jetzt mit einem Mann. Ich kaute immer noch an der Beziehung zu Christian und eine neue Beziehung kam für mich irgendwie nicht in Frage.

Aber nicht nur Christian und meine Gefühle für ihn, waren mein Problem in dieser Zeit.

Nein auch meine Tochter machte mir viele Probleme.

Sie war jetzt gerade in dem Älter, wo sich Kinder ihren eigenen Weg suchen., neue Wege gehen und sich nicht mehr so einfach kontrollieren lassen.

Da ich morgens um 4 Uhr schon aufstand um zur Arbeit zufahren, ging ich abends auch immer schon früh ins Bett.

Ich sah meine Kinder nicht sehr viel.

Sie kamen gegen Abend aus der Ganztagschule.

Wir aßen etwas zusammen und sie gingen noch etwas raus zu ihren Freunden.

Wenn sie um 10 Uhr abends nach hause kam, lag ich meistens schon im Wohnzimmer auf meiner Schlafcouch.

Ich sagte ihr „ Gute Nacht" und sie ging nach oben.

Leider bekam ich somit nicht mit dass sie zu dieser Zeit ein Problem hatte: Drogen!!

Meine Tochter nahm Drogen.

Sie kiffte, sie nahm Extersie und ich weiß nicht was sonst noch alles.

Heraus kam das ganze weil sie an einem Wochenende bei einer Freundin schlafen wollte.

Das war für mich ok.

Ich kannte ihre Freundin. Sie war zwar etwas älter, aber ein ganz liebes Mädchen.

Seltsam war nur, dass sie genau an diesem Tag bei mir vor der Tür stand und fragte, ob meine Tochter da sei.

Ich erzählte ihr, dass ich dachte, sie würde bei ihr sein.
Sie erzählte mir, dass sie mit meiner Tochter in der
letzten Zeit kaum geredet hätte, weil diese in der letzten
Zeit mit seltsamen Leuten zusammen wäre die auch
Drogen nehmen würden.
Ich durchsuchte sofort ihr Zimmer- und wirklich – ich
fand Drogen
Man- was war los??
Wie konnte es soweit kommen??
Klar, in dieser Zeit rauchten alle Jugendlichen in ihrem
Alter und bestimmt zieht der Eine oder Andere mal an
einem Joint- Aber musste das sein??
Ich dachte eigentlich immer, wir hätten ein gutes
Verhältnis, eher so wie Freunde die sich alles
erzählten- wieso dann das??
Ich versuchte immer für meine Kinder da zu sein- trotz
Arbeit.
Warum das jetzt??
Meine Tochter hatte immer sehr gute Noten- war in der
Schule bei allen Lehrern beliebt.
Wieso ausgerechnet ein Mädchen das so augagiert war
gegen Drogen und Frauenmisshandlungen.
Ich verstand es nicht-
Was hatte ich falsch gemacht??????
Arbeitete ich zu viel??
Wäre es nicht geschehen, wenn ich zu hause gewesen
wäre und vom Sozialamt gelebt hätte??
Was hatte ich falsch gemacht???
War ich zu streng oder hätte ich sollen strenger sein??
Und vor allem –ich schämte mich- versagt zu haben.
Ich weinte und weinte und weinte- bis sie am nächsten
tag nach hause kam.
Als sie rein kam sah sie gleich, dass ich alles wusste.

Ich fragte sie, wo sie gewesen sei- und es stellte sich heraus, dass sie mit ihren neuen freunden in Mastrich war übers Wochenende um Drogen zu kaufen-

Ich versuchte mit ihr zu reden- aber dass funktionierte nicht.

Durch die Drogen hatte sie starke Gehfühlschwankungen. Sie weinte und dann wurde aggressiv. Dann weinte sie wieder.

Sie sagte- sie sei jetzt 17 und könnte ihr eigenes Leben führen- und das ginge mich nun nichts mehr an. Sie würde jetzt mit ihrem Freund zusammen ziehen.

Ich erlaubte es ihr nicht. Noch war sie nicht Volljährig. Für diesen Abend war das Gespräch beendet.

Ich sagte ihr- wenn ich wieder Drogen bei ihr finden würde, käme sie in ein Heim-

Aber dazu kam es nicht mehr- Sie nahm Ihre Sachen und zog aus.

Am nächsten Tag rief ich bei einer Sozialarbeiterin an und erklärte ihr alles-

Die gute Frau meinte nur- Sie sei zwar noch minderjährig- aber ich könnte da nicht mehr viel machen- Jeder Jungendliche würde heute kiffen und ich sollte froh sein- wenn sie nur kiffen würde und nicht härtere Sachen nehmen würde.

Na toll- Das war wirklich eine große Hilfe.

Ich versuchte es mit der Polizei-

Ich fuhr zu ihnen und erzählte ihnen alles- Doch ich bekam das gleiche zu hören-

Wieso hilft einem keiner in einer solchen Situation.

Auch die Schule erklärte mir- dass sie keine Rechthabe habe- solange sie pünktlich zum Unterricht käme und keine Drogen in die Schule mitnehmen würde-

Ich sollte sie ruhig bei ihrer Freundin wohnen lassen-
sie würde sich schon wieder fangen.
Oh man- Ich hatte in dieser Zeit wirklich die Schnauze
gestrichen voll.
Meine Tochter nahm Drogen –
Meine Arbeit hatte Kurzarbeit und ich somit
Geldprobleme-
Und Christian hing mir auch noch im Kopf herum.
Dazu kam noch, dass meine Kollegin mich unbedingt
verkuppeln wollte.
Vielleicht würde mir ja ein schöner Abend mal ganz gut
tun.
Schließlich willigte ich einem unbefangenen Treffen zu.
Wir, meine Kollegin und ich trafen uns samstags in
einem Restaurant, aßen dort eine Pizza und gingen
danach in die Disko, wo ich Egon kennenlernen sollte.
So hieß ihr Bekannter.
Egon war nun wirklich nicht gerade das was ich mir
vorgestellt hatte. Und zu allem Überfluss, war mir von
der Pizza auch noch speiübel schlecht, so dass ich mich
den ganzen Abend übergeben musste. Schließlich wollte
ich nur noch nach Hause und Egon, der mitbekommen
hatte, dass mir nicht gut war bot sich an mich nach
Hause zu fahren,
Das hätte mir gerade noch gefehlt. Oh nein. Jetzt war
mir nicht nur schlecht, sondern ich war auch noch
wütend. Was bildete sich dieser Kerl eigendlich ein?
Dachte er wirklich, dass er mich am ersten Abend
schon so leicht abschleppen konnte?
Ich fuhr schön alleine nach hause.
Aber wie sich später herausstellte, hatte ich mich in
Egon doch getäuscht. Er wollte mich scheinbar
wirklich nur nach Hause bringen, weil er sich Sorgen

um mich machte und nicht weil er eine billige Chance sah.

So kann man sich täuschen. Ehrlich gesagt, hatte mich dieser Mann ziemlich überrascht.

Er war bestimmt kein Mister Universum, aber er schien einen sehr guten Charakter zuhaben.

Wenige tage später rief er bei mir an und wir verabredeten uns für Sonntags zu einem richtigen Familienausflug. Ich wollte sehen wie er reagierte, wenn er meine Kinder kennenlernen würde. Außerdem sollte er mich mal nicht als Püppchen sehen, sondern mal ganz ungeschminkt und in den Bergen wandernd. Egon kam also, mit einem riesigen Blumenstrauß und wir gingen alle man in die Berge wandern. Ich glaube, an diesem Tag erzählte ich ihm mein ganzes Leben. Irgendwie war es ein wunderschöner Tag. Wir redeten und lachten sehr viel zusammen.

Es war ungewohnt für mich, das er sich wirklich für mich zuinterresieren schien und mich nicht nur als schönes Püppchen sah, wie es Christian immer tat.

Nein, Egon war irgendwie ganz anders als viele Männer die ich vor ihm kannte.

Er legte nicht sehr viel Wert auf das Äußere.Weder auf seins, noch auf meins..

Egon kam fast jedes Wochenende. Er war Fernfahrer und war deshalb nur am Wochenende da.

Ich weiß nicht mehr wieviele Nächte wir im Bett gelegen hatten und nur redeten. Das heißt, ich redete und er hörte zu. Von sich erzählt, hatte er eigendlich nie viel.Alles was ich von ihm wusste, war, dass seine Familie aus polen stammte, er noch zwei Schwestern und zwei Brüder hat und sein Vater vor ein paar

Jahren gestorben war. Und das er Autos und
Motorräder liebte.

Das Haus
Mittlerweilen kam Egon jedes Wochenende zu mir und
meinem Sohn.
Meine Zweizimmer Wohnung wurde bald zu klein für
drei Personen und einen Riesigen Hund-(Laika- einen
Labrador Schäferhundmischling.)
Irgendwann entschlossen wir uns dazu eine Haus zu
mieten oder zu kaufen, also fing ich an nach einem
passenden Objekt zu suchen. Auf meine Arbeitsstelle
ging es wieder Bergauf und ich konnte sogar samstags
arbeiten und Überstunden machen- also allgemeiner
Aufschwung!!!
Wir wollten ein Haus das groß genug war für uns alle,
ein haus mit Grundstück, wo ich auch unseren Hund
frei laufen lassen konnte
Aber jedes Haus, dass wir uns anschauten war
entweder zu alt und baufällig oder kostete zu viel Geld.
Ein Immobilienmakler musste her- In der Zeitung fand
ich dann auch eine Frau in unserer Umgebung, die mir
zusicherte, dass sie ein Passendes Objekt finden würde.
Es dauerte auch nicht lange und sie rief mich an und
bestellte uns um uns ein Haus anzusehen.
Ausgerechnet in den Ort- wo Christian wohnte-
Nicht nur das dieses besagte Haus im gleichen Ort
stand- nein es stand auch noch im gleichen
Neubaugebiet.
Christian wohnte genau eine Strasse dahinter.
Na ja.
Wir wollten es uns trotzdem mal anschauen.
Es war schlimm!!!!

Das Haus stand seit zwei Jahren leer- Im Vorhof hauste ein Hund der noch vom Vorbesitzer übrig geblieben war-

Die Nachbarn kümmerten sich ab und zu um ihn.

Als wir in das Haus kamen, traf uns fast der Schlag.

Schlimm- der Vorbesitzer war Alkoholiker gewesen hatte im Delirium alles im Haus in rosa und hellblau gestrichen (sogar draußen den Maschendrahtzaun) Überall standen noch Möbel herum.

In den oberen Zimmern waren Teppiche voll mit Urin- Blut- ja sogar an den Decken waren Blutspritzer, von den Schlägereien die sich der Hausbesitzer als mit seiner Frau geleistet hatte.

Die Fenster und Türen waren in einem desolaten Zustand-

Die große Scheibe der Balkontür war kaputt.

In der Badewanne wie auch in den beiden Toiletten hätte man können ein Moorbad nehmen- so verdreckt waren diese.

Hinter den haus stand noch ein kleines Haus auf dem Grundstück.

Zwei Zimmer und Speicher.

Der Vorbesitzer hielt ein dem einen Zimmer Hühner und sonst all mögliche Viecher und in dem anderen war eine Werkstatt.

Auch in diesem Haus sah es nicht besser aus- Es stand voll mit alten Möbel und sonstigem Schrott- Alte Teppiche lagen darin in denen es sich Mäuse und Ratten gemütlich gemacht hatten.

Mit anderen Worten: SCHLIMM- SCHLIMMER WÄRE ES NICHT MEHR GEGANGEN:

Und doch entschlossen wir uns, genau dieses Haus zunehmen.

Warum???

Ganz einfach!!

Dieses Haus war in einer super Wohnlage, hatte alles das was wir wollten, 140qm Wohnfläche, garten. Genug Grundstück herum, und hinten eine Werkstatt für Egon.

Und da war noch was anderes: vielleicht das Wichtigste!!

Der Vorbesitzer Starb genauso wie meine Mutter sogar am gleichen Datum und um die gleichen Zeit- nur 30 Jahre nach ihr.

Ich hielt es für ein Omen!!!!!

Dieses Haus war für uns bestimmt- ich war mir sicher. Alles was in diesem Haus kaputt war, könnten wir reparieren und es nach und nach zu unserem Haus machen- es würde traumhaft werden.

Wir unterschrieben den Kaufvertrag und jede freie Minute arbeiteten und renovieren wir.

Ich weiß heute nicht mehr wie viele Touren mit dem Auto und Anhänger voll mit Müll machten, bis wir alles weg hatten.

Aber es war eine ganze Menge.

Und immer wenn wir kamen brachten wir dem Hund, der auf den Gelände hauste etwas zu fressen mit.

Mit der Zeit gewöhnte er sich an uns und es schien mir fast , als hätte er sich gefreut wenn wir kamen.

Jedes mal kam er ein Stück näher und mit der Zeit lies er sich sogar streicheln.

Man musste nur aufpassen, was man ihn seine Nähe legte, denn bevor man sich versah, hatte er es sich geschnappt, und war damit verschwunden. Ganz egal ob es ein Pinsel war, oder sonst ein Werkzeug, dieser Hund schleppte alles weg und wir konnten es dann suchen gehen.

Gerade weil er so war und er keinen richtigen Namen hatte, gab ich ihm den Namen Hexe.

Mittlerweilen erfuhr ich auch von meiner neuen Nachbarschaft, das der verstorbene Hausbesitzer mehrere Hunde und andere Tiere hatte, die er immer wenn er genug getrunken hatte misshandelte.

Die Geschichten die man mir erzählte waren einfach grauenvoll. Ich konnte nur erahnen was dieser Hund in seinem Leben schon alles an Quälereinen erlebt hatte.

Aber er fasste vertrauen zu uns

Ich fuhr jeden Abend zum Haus um zu renovieren, damit wir bald einziehen konnten.

Jedes Wochenende waren wir am arbeiten um endlich fertig zu werden. Schließlich musste wir ja die Miete für meine Wohnung bezahlen und den Kredit fürs Haus.

Egon machte das was er konnte und ich das was ich konnte..

Egon machte den Strom und ich tapezierte.

Er machte alle Holzarbeiten und ich legte Kacheln und Laminat.

Jedes Zimmer mußte komplett neu gemacht werden- Wände, Boden, Decke.

Schließlich wollten wir so schnell wie möglich einziehen.

Nach fünf Monaten war es endlich so weit. Anfang Februar war das haus einigermaßen fertig das wir darin wohnen konnten.

Ich kündigte meine Wohnung und fragten einen alten
Freund ob er uns beim Umzug helfen kann. Stefan
konnte und brachte auch noch einen Transporter mit.
Es war der Karnevalsamstag.
Ich packte schon Tage vorher alles in Kartons und fuhr
es immer wieder von meiner Wohnung zum Haus -
So das wir an diesem Tag nur noch die großen Möbel
ins Haus bringen mussten.

Der Unfall

Am Samstagmorgen warteten wir nun auf meinen
Freund Stefan.
Egon und ich fuhren schon mal mit meinem Auto noch
Kleinteile zum Haus.
Regale, Blumenstöcke, halt alles was in mein Auto
hineinpasste.
Als wir wieder von so einer Fuhre zurück kamen war
auch Stefan mit seinen Transporter da.
Mittlerweilen war es Mittag und jetzt mußte alles
schnell gehen, denn schließlich wollten wir bis zum
Abend fertig sein.
Stefan, ich und mein beluden den Transporter und
Egon baute in der Zeit noch die Betten auseinander.
Wir machten ab, dass Egon noch die Restlichen Möbel
auseinander machen würde und Ich mit Stefan und
mein Sohn als die Ladung vom Transporte ins Haus
bringen würde.
Ich habe noch nie in meinem Leben einen Transporter
gefahren, also fuhr Stefan.
Als wir in die Sachen ins Haus brachten, fing es an zu
schneien.
Wir räumten den Transporter leer und wollten die
nächste Fuhre holen gehen.

Der Weg vom Haus bis zur Wohnung führt über eine gutbefahrene Landstrasse.

Mittlerweilen hatte es aufgehört zu schneien, aber die Strassen waren glatt. Deshalb fuhr Stefan auch sehr langsam.

Ich weiß nicht mehr, ob Stefan am Radio oder an der Heizung herum gespielt hatte, auf jeden Fall verlor er plötzlich die Kontrolle über das Auto und wir kamen von der Straße ab, der Wagen kippte nach links, rutschte über die Straße und wir knallten gegen einen Baum.

Ich hatte die Augen zugemacht und nur noch gebetet.

Das Auto machte so ein schlimmes Geräusch, dass ich dachte, wir würden alle sterben.

Ich hatte Angst um meinen Sohn. Ich betet „ Herr biete lass ihn am Leben"“

Ich sagte ihm, er soll seinen Kopf nach unten machen und seine Hände vors Gesicht.

Es waren nur Sekunden von der Minute an wo der Wagen gekippt bis zu dem Moment wo er

Sich langsam in den Baum fraß.

Ich hörte das Blech sich verbiegen begann und der Baum drückte sich immer mehr in das Blech des Autos.

Ich versuchte mit meinem Bein und meinen Armen gegen den Baum zu drücken- aber ich hatte keine Chance.

Ich weiß noch sehr gut, dass mir tausend Gedanken in diesen Sekunden durch den Kopf schossen.

An alles Mögliche dachte ich: Daran, Was die Kinder ohne mich machen würden.

Ich dachte daran, wenigstens das haus bezahlt wäre durch die Versicherung wenn ich es nicht überleben würde.

Mir gingen tausend Gedanken durch den Kopf- in nur wenigen Sekunden.

Endlich blieb der Wagen liegen und ich traute kaum zu schauen ob Mein Junge noch lebte.

Ganz Vorsichtig fragte ich „lebst du noch?? Und er sagte „ ja Mama, es geht mir gut!!

Dann drehte ich mich um und schaute nach Stefan.

Das Lenkrad drückte sich in seinen Bauchraum, er verdrehte die Augen und ich dachte schon das Schlimmste..

Wir hatten keine Ahnung wo der Wagen eigentlich lag, wir hatten komplett die Orientierung verloren und fingen gleich an um Hilfe zuschreien.

Ich Hörte jemanden draußen Sagen, das Hilfe unterwegs sei und das man uns gleich befreien würde.

Ein Mann kletterte von hinten durch den Wagen und fragte ob wie schwer wir verletzten wären.

Ich sagte ihm, dass der Fahrer schwerstverletzt sei, und mein Sohn und ich Unverletzt.

Da das Auto auf der Strasse nach links gekippt war, lag Stefan auf dem Boden, ich in der Mitte und mein Sohn hing mehr oder weniger in der Luft.

Er fing an zu bluten und sein Blut tropfte auf mich.

Langsam bekam ich Panik. Stefan musste so schnell wie möglich raus aus dem Wagen,

Seine Verletzungen sahen sehr schlimm aus.

Ich hörte wie ein Mann sagte, dass sie mich zuerst aus dem Frack bergen würden.

Er schnitt meinen Gurt durch und half mir aus dem Wagen.

Ich sagte ihm, mein Sohn sei auch unverletzt und er solle auch ihm raus helfen.

Er kletterte zurück in den Wagen und ich stand auf der Strasse und betete.

Ich konnte das alles noch nicht fassen.

Ich fragte eine Frau die bei mir stand, ob sie mir ihr Handy geben könnte, ich müsse Egon anrufen, damit er kommt. Das tat ich dann auch- Ich erzählte ihm das wir einen Unfall gehabt haben und er sofort kommen solle.

Mittlerweile war auch die Polizei und die Feuerwehr da.

Die Feuerwehr versuchte weiter Stefan und meinen Sohn aus dem Auto zu befreien, Aber beide waren eingeklemmt.

Das dauerte mir alles zu lange und ich wollte zu meinem Kind.

Ich wollte nicht das er alleine ist, ich wollte ihm helfen, aber die Feuerwehr lies mich nicht mehr zu ihm und sagte, ich würde sie nur behindern.

Ich stand auf der Strasse und weinte nur noch.

Endlich war Egon da. Er nahm mich in den Arm und beruhigte mich. Er sagte, die Feuerwehr wüsste schon was sie machten, und ich könne ihnen ja eh nicht helfen.

Ein Polizist, brachte mich in das Polizeiauto und stellte mir Fragen wie es zu dem Unfall gekommen sei.

In der Zwischenzeit landete Ein Helikopter der Feuerwehr. Er brachte einen Speziellen Blechschneider.

Mein Sohn und Stefan waren immer noch im Frack eingeklemmt.

Ich hatte panische Angst mein Junge hätte vielleicht innere Verletzungen und müsste sterben. Und ich wollte zu meinem Sohn- ich wollte bei ihm sein.

Aber man lies mich nicht zu ihm-

Mittlerweilen waren fünf Stunden vergangen und endlich konnten Stefan und er aus dem Frack befreit werden. Wie ein Wunder hatte Stefan nur Schürfwunden und meinem Sohn sein rechtes Bein war doppelt gebrochen.

Man verfrachtete uns in einem Krankenwagen und fuhr uns in nächstgelegene Krankenhaus.

Das auch ich das Knie, und meine Hand gebrochen hatte, merkte ich erst im Krankenhaus.

Ich war scheinbar so unter Schock , das ich es erst gar nicht merkte.

Noch am selben Abend konnten wir wieder das Krankenhaus verlassen.

Egon kümmerte sich am nächsten Tag um den Rest der Möbel und ich versuchte mit dem Geschehenen fertig zu werden.

Mein Sohn hatte nun einen Vollgips am Bein und mein Bein war geschient.

Aber ich hatte eine viel schlimmer Verletzung- eine Seelische.

Der Zusammenbruch

Mein ganzes Leben war ich stark, hatte niemals aufgegeben.

Aber damit wurde ich nicht fertig.

Es machte mich fertig dass ich nicht bei meinem Kind war in den schlimmsten Stunden seines Lebens.

Was, wenn er wirklich schwerer verletzt worden wäre??

Ich wäre nicht bei ihm gewesen!!

Es machte mich verrückt.

Die ganze Zeit musste ich daran denken, was wäre wenn er gestorben wäre?? Ich wäre nicht bei ihm gewesen!!

*Immer wieder nach dem Unfall fing ich bei diesen
Gedanken an zu weinen- dabei hätte ich mich doch gar
nicht so verrückt machen müssen- es war ja alles gut-
er war ja nur leicht verletzt-
Aber ich musste immer wieder daran denken-
Ich machte mir die schlimmsten Vorwürfe die sich eine
Mutter machen kann.
Jedes Mal wenn jemand nach dem Unfall fragte, fing
ich an zu weinen.
Jedes Mal bevor ich einschlief hörte ich das Geräusch
dass das Blech machte, als das Auto sich in dem Baum
drückte.
Ich musste zum Arzt, jemand musste mir helfen damit
fertig zu werden.
Mein Arzt, half mir auch, und zwar in dem er mich in
eine Kur schickte.
Es war ein wunderschönes Kurhaus in mitten der
Vogesen gelegen. Einzelzimmer mit Balkon, sehr gutes
Essen, und das wichtigste: Ruhe!!
Ich sollte endlich zur Ruhe kommen.
Einmal die Woche kam eine Psychologin die mit einem
sprechen wollte. Ich musste dann über den Unfall
reden, konnte es aber nicht, weil ich immer wieder
anfing zu weinen.
Ich erzählte ihr, das ich es nicht verstehen würde, Ich
hatte doch schon soviel in meinem Leben hinter mich
gebracht und bin mit allem fertig geworden- wieso mit
einem Unfall nicht, bei dem noch nicht einmal jemand
schwer verletzt wurde- wieso? –
Was war soooo schlimm für mich bei diesem
Unfall??????
Sie konnte es mir gut erklären.*

Sie sagte, mein Leben sei wie ein Wasserglas gewesen, in das es immer reingetropft hätte. Vor dem Unfall sein dieses Glas voll gewesen, der Unfall wäre der letzte Tropfen gewesen, und das Glas wäre übergelaufen.

Fazit: In meinem Leben war vorher so viel geschehen, das ich nicht verarbeitet hatte, und dieser Unfall gab mir den Rest.

Sie gab mir den Rat alles was ich erlebt habe, aufzuschreiben um es so zu verarbeiten.

Aber in der Situation konnte ich das nicht.

Alles was sich in mir Jahre lang aufgestaut hatte, sich irgendwo in meinem Tiefsten Innern eingenistet hatte, wollte jetzt raus- wollte sich presentieren- so als wollte es sagen-

„ Hee- wir sind noch da- von allem was du erlebt hast- ist hier drin ein kleines Stück versteckt. Und wird dich dein ganzes Leben lang begleiten!!!"

Und es war Stellenweise wirklich so.

Ich kam mir plötzlich wieder vor wie in der Zeit im Waisenhaus- Sonntags- wenn alle Besuch bekamen- und ich vergeblich auf meine Familie wartete.

Nur war das hier nicht das Waisenhaus sondern eine Kur.

Und doch- wenn ich Sonntags auf Egon und die Kinder wartete, kam es mir fast vor wie früher.

Nach dem Mittagessen, setzte ich mich draußen vor dem Kurhaus auf die Treppe und wartete.

Plötzlich kamen mir die Tränen- Alles von früher kam wieder hoch.

Mir ging es elend.

Ich glaube ich hatte mich noch nie so schlecht gefühlt. Und die Gespräche mit dieser Psychologin machten es auch nicht besser, sondern wühlten alles wieder auf.

Alles kam wieder zum Vorschein: Mein erster Sohn den ich weggeben musste, mein Mann der mich vergewaltigt und geschlagen hatte, meine Tochter, die Drogenabhängig war, einfach alles!!

Sogar das ich meiner Mutter nie verzieh, dass sie uns alleine gelassen hatte.

All dieser Hass kam hoch und ich konnte ihn nicht mehr unterdrücken.

Er verfolgte mich sogar bis in meine Träume.

Ich weiß noch sehr gut, dass ich mich eines Tages, nach dem Mittagessen etwas hinlegen wollte, bevor ich wie immer in den Wald ging.

Ich schlief ein und träumte.

Ich träumte von meiner Mutter.

Ich sah mich plötzlich an einem berg stehen und sie war auf einmal da. Stand einfach neben mir und schaute mit mir den Berg hoch.

Sie war altgeworden-

Dann fragte sie mich , warum ich ihr nicht verzeihen könnte. Ich sagte ihr, weil sie mich und meine Geschwister im Stich gelassen hätte. Sie hätte es wissen müssen, dass sie nicht so viele Tabletten hätte nehmen dürfen mit Bier.

Ich sagte ihr, dass wenn sie uns Kinder wirklich geliebt hätte, sie niemals so zu trinken angefangen hätte.

Beide schauten wir immer noch gerade aus auf den berg.

Dann drehte ich mich um zu ihr und sagte, „ und damit du es weist, ich werde meinen Kindern eine Bessere Mutter sein , als du es jemals warst.“

Danach wurde ich wach.

*Ich musste scheinbar im Traum so laut geredet haben,
dass ich davon wach geworden war.*
*Ich nahm meine Telefonkarte, ging in den Flur und
rief zuhause meine Kinder an.*
*Wir redeten nichts wichtiges, ich fragte sie nur wie es
ihnen geht und dass ich sie sehr vermissen würde. Als
ich auflegte, fühlte ich mich Besser.*
*Ich zog mich an und ging wie immer in den
nahegelegenen Wald spazieren.*
*Es klingt sicher total irre, aber als ich im Wald so allein
spazierte kam es mir vor, als hätte ich die ganze Zeit mit
meiner Mutter geredet..*
*Es war das gleiche Gefühl, wie wenn man betet und um
mit Gott zusprechen.*
*Ich entschuldigte mich für das was ich im Traum sagte
und ich bin sicher, wenn sie wirklich da war, hatte sie
es auch verstanden. Mit meiner Mutter war ich zum
ersten Mal nach ihrem Tod im reinen.*
*Ich spürte irgendwie, dass es ab jetzt bergauf gehen
würde.*
Meine Seele hatte es geschafft.
Ich musste jetzt nur noch zur Ruhe kommen.
*Jeden Tag ging ich stundenlang im Wald Spazieren
und es tat mir gut.*
Nach 4 Woche Kur konnte ich endlich nach Hause.

Aufarbeitung !!??!!.

*Ein paar Wochen später, war ich bei meiner Schwester
eingeladen.*
Ihre Tochter, meine Patentochter feierte Geburtstag.
Unser Herr Vater war auch eingeladen.
Es waren immer die Zeiten wo wir uns sahen.
Geburtstage und Weihnachten.

Ansonsten suchte niemand den Kontakt zum anderen. Zu mindestens was unser Vater anbetraf. Meine Schwester sah ihn öfter. Sie wohnten nicht weit von einander entfernt und beide hatten gemeinsame Interessen:Angeln.

Ich redete in der Regel mit meinem Vater nur über belangloses Zeug. Ich wollte eigentlich nie mehr von ihm.

Irgendwas war anders an diesem Abend.

In der Regel trinke ich keinen Alkohol, Nie- außer an diesem Abend.

Und es wird auch wohl der Alkohol daran schuld gewesen sein, dass ich ausgerechnet an diesem Abend mit meinem Vater über die Vergangenheit reden wollte. Er hatte wieder geheiratet. Ein Frau die so alt war wie meine Schwester. Aber sie war doch allem sehr in Ordnung. Zwar war sie streng katholisch und wollte uns alle immer bekehren, aber ansonsten konnte man wirklich gut mit ihr reden.

Zumindest stand sie im auch noch an seiner Seite, als sie er fuhr, das er Krebs hatte.

An diesem Abend konnte ich keine Rücksicht auf sie nehmen, und auch nicht auf die Krankheit von meinem Vater.

Ich hatte Fragen und wollte Antworten.

Eines hatte ich mir in der Kur geschworen: Das Vergangenen aufzuarbeiten.

Ich hätte an diesem Abend besser meinen Mund gehalten. Sonst war es ja auch nie meine Art über meine Gefühle zu reden- und schon gar nicht mit ihm- Aber der Alkohol zeigte Wirkung.

Ich musste mit ihm reden- und jetzt war der Zeitpunkt gekommen, wo ich auch den Mut dazu hatte.

Meine Schwester war auch dabei.
Auch sie wollte Antworten über Dinge die sonst nie zu
Sprache kamen.
Ich erzählte ihm von meiner Kur. Erzählte ihm von den
langen Gesprächen mit der Psychologin. Und erzählte
ihm, dass ich von Mutter geträumt hatte.
Ich fragte ihn, warum er nie da war. Nicht als Mutter
noch lebte, und schon gar nicht als sie gestorben sei.
Alles was sich in den letzten 30 Jahren an fragen und
auch Aggressionen aufgestaut hatte , kam plötzlich
heraus.
Ich wollte Antworten.
Ich bekam Antworten:
Ja, das Geschäft, und und und
Ich hätte gerne gesehen, dass er auch nur einmal
gesagt hätte, wie stolz er auf uns Kinder wäre, weil wir
es alle zu etwas gebracht hätten- Trotz unserer
Kindheit.
Ich hätte es gerne gehört, dass es meiner Schwester
gedankt hätte, weil sie sich um mich gekümmert hatte
all die Jahre wo er ja zu beschäftigt war.
Aber nichts.
Ich war so sauer dass ich vor Wut und Endtäuschung
nur noch heulte.
Eugen , ich und die Kinder fuhren nach hause.
Am nächsten Tag telefonierte ich mit meiner Schwester
und sie sagte mir, dass unser Vater nach dem ich weg
war, Wut entbrand ihr Haus verlassen hätte.
Ich sagte ihr dass mir das leid tut für sie, da sie sich ja
gerade in der letzten Zeit so gut mit ihm verstand, aber
sie sagte, „ Ach , der meldet sich schon wieder- kennst
ihn ja- er hatte ja auch viel getrunken.

In den nächsten Tagen musste ich ständig an unseren Streit denken und vor allem tat es mir leid, dass wegen diesem Gespräch er sich jetzt auch nicht mehr bei meiner Schwester meldete.

Ich entschloss mich, zu ihm zu fahren, ihn um Verzeihung zu bitten, und ihm vor allem zu sagen, dass es ja meine Schuld war und nicht die meiner Schwester. Also nahm ich all meinen Mut zusammen und fuhr nach der Arbeit zu ihm.

Schon als ich rein kam wusste ich das dies ein fehler war, aber jetzt war ich da, und mußte auch mit ihm reden

Noch bevor ich etwas sagen konnte, sagte er mir, das auf dem Küchentisch mein Erbanteil liegen würde. Scheinbar dachte er ich käme dafür.

Bei ihm drehte sich schließlich immer alles ums Geld. Ich erklärte ihm, dass ich nichts von ihm haben wollte, dass es mir lieber gewesen wäre, er wäre früher mal für uns Kinder da gewesen.

Dann kam etwas , mit dem ich sogar bei ihm nicht gerechnet hätte.

Es sagte" er versteht nicht, warum die Ärzte mich damals unbedingt wollten ins Leben zurück holen – Er bezahle noch heute an den Rechnungen!!"

Wau- das war ein Hammer!

(Im Alter von drei Monaten hatte ich eine Meningitis- und war für ein paar Minuten Tot)

Das meinte er damit.

Toll, Klasse!! Mein Vater hätte mich eher tot wollen sehen, als Rechnungen zu bezahlen an die behandeln Ärzte.

Na ja, so ist er halt- was soll's.

Ich sagte ihm nur noch, dass ich die letzten dreißig Jahre ohne ihn gelebt hätte und jetzt bräuchte ich ihn auch nicht mehr.

Ich stieg in mein Auto und weinte die nächsten Fünfzig Kilometer bis ich zu hause war.

Dann hatte ich mich wieder unter Kontrolle.

Das Thema „ Vater" war entgültig abgeschlossen für mich.

Heute weiß ich das es so das beste war. Denn mit alle diesen Fragen im kopf, hätten wir sowieso nie eine richtige Vater-Tochter Beziehung führen können.

Jetzt war das Kapitel für mich wenigsten abgeschlossen und ich konnte zum Alltag zurück kehren.

Der Rauswurf meiner Tochter

In der Zeit als ich in Kur war, musste ich mich Hundert Protzentisch auf meine Kinder verlassen.

Egon hatte zwar von seinem Chef zwei Wochen Urlaub bekommen aber meine Kur dauerte vier Wochen und so mussten meine Kinder zwei Wochen alleine klar kommen- In der Woche waren sie ja den ganzen Tag in der Schule und am Wochenende war Egon ja da.

Scheinbar klappte es ja auch ziemlich gut, bis auf eins.

Egon erzählte mir später, dass meine Tochter öfters am Tag für nur ein paar Minuten das Haus verlies.

Seltsam- warum nur für ein paar Minuten?? Was tat sie in der Zeit??

Und doch schien alles ganz normal. Auch wenn siea mich mit Egon und meinem Sohn besuchen kam, schien sie ganz normal.

Als ich wieder nach hause kam, suchten wir für sie eine Arbeit.

Sie hatte Buchhaltung gelernt, fand aber keinen Job.

Sie meldete sich bei einem Programm vom Arbeitsamt, das jungen Menschen helfen sollte in die Arbeitswelt hinein zukommen.

Das Arbeitsamt suchte freie Stellen und vermittelte Junge Leute ohne Arbeit dort hin. Sie bekamen von dort ein Mofa gestellt, so dass sie auch immer zur Arbeit hinkommen konnten. Bei uns fahren keine Linienbusse und die Dörfer liegen auch nicht gerade sehr eng bei einander.

Das Arbeitsamt vermittelte sie an ein Restaurant in unserer Nähe als Bedienung und es schien ihr wirklich Spaß zu machen.

Sie arbeite Morgens vier Stunden , hatte dann bis Nachmittags frei und musste Abends wieder vier Stunden bedienen.

An einem Sonntag in ihrer freien Zeit fuhr sie mit Freunden zu einer Autoausstellung für aufgemotzte Autos.

An diesem Tag kam sie scheinbar wieder mit Leuten zusammen die Drogen nahmen.

Denn am nächsten Tag, ich sollte sie mit ihrem Mofa wieder zur Arbeit. Doch sie hatte scheinbar andere Pläne.

Ich war an diesem Tag nicht da, weil ich mich mit meiner Schwester verabredet hatte.

Sie nahm, als ich weg war ihr Mofa, brachte es in die Garage und schlug mit dem Hammer darauf .

Als ich nachmittags zu hause war und das Mofa in der Garage sah, erklärte sie mir, sie habe morgens einen Unfall damit gehabt.

Ein Auto sei ihr auf ihrer Fahrspur entgegen gekommen, und als sie ausweichen wollte, sei sie gegen einen Baum gefahren.

Sie wäre anschließend gleich zum Arzt gegangen und jetzt der habe sie gleich krank geschrieben.

Sie erzählte mit, sie hätte sich an der Schulter und am Kiefer verletzt bei dem Unfall.

Ich konnte keine Verletzungen sehen und schaute mir das Mofa mal genauer an.

Seltsam- das Mofa war vorne, hinten und oben am Tank verbeult und verkratzt.

Vorne! Klar wenn sie gegen einen Baum gefahren ist, aber Hinten und Oben????

Als ich sie darauf ansprach erzählte sie mir immer wieder die gleiche Geschichte. Sie fuhr auf der Landstraße- ein Auto kam ihr entgegen – sie musste nach rechts ausweichen- und knallte dort rechts gegen einen Baum. Der Autofahrer fuhr einfach weiter.

Ich sagte ihr- das ihr Mofa dann vorne und vielleicht auf der Seite kaputt wäre- aber doch nicht vorne hinten und oben??!!

Sie fing an zu weinen und zu schreien ich würde ihr mal wieder nicht glauben.

Jedes Mal wenn ich sie darauf ansprach, das gleiche Spiel.

Dann rannte sie aus dem Haus- und kam zwei Tage lang nicht mehr.

Sie veränderte sich wieder zu Sehens. Sie legte keinen Wert mehr auf ihr Äußeres, sprach kaum noch mit mir und kam eigentlich nur noch zum Essen und Schlafen nach hause.

Ich dachte mir schon, dass sie wieder Drogen nehmen würde, aber immer wenn ich sie darauf ansprach sagte sie, dass es Blödsinn sei.

Sie hätte aus ihren Fehlern gelernt und wäre clien.

Ich durchsuchte immer wieder ihr Zimmer, fand aber nie was dass meinen Verdacht bestätigte.

Dann knüpfte ich mir meinen Sohn vor und nahm ihn in die Mangel.

Seit dem angeblichen Unfall von seiner Schwester hatten die beiden immer etwas zu tuscheln.

Man merkte, dass da was nicht stimmte.

Also fragte ich ihn- was los sei und irgendwann erzählte er mir was an diesem Tag wirklich gewesen war.

Er sagte mir- dass sie an dem Tag nicht zur Arbeit gewollt hätte und sie sich diesen Plan mit dem Unfall ausgedacht hätte.

Sie hätte ihr Mofa genommen und es in der Garage mit einem Hammer und einer Feile bearbeitet.

Als ich mir die Feile näher anschaute sah ich, dass dort wirklich Lackspuren vom Mofa waren.

Man war ich sauer. Ich fühlte mich verarscht. Glaubte sie denn, ich sei total blöd???

Und immer wieder diese Lügen- Unfall- na klar!!

Ich war doch nicht blind.

Ich war bestimmt kein Profi in Sachen Drogen- aber dass sie wieder Drogen nahm konnte selbst ein Blinder sehen.

Mir reichte es-

Ich ging in ihr Zimmer- Nahm alle ihr großen Taschen und packte ihr Sachen.

Ich nahm ihr Poster von Bob Marley von der Wand und stellte alles um.

Irgendwie musste ich meine Wut und Enttäuschung verarbeiten- und das war ein Guter Weg dazu.

Als ich alles verpackt hatte, trug ich es runter und stellte alles in den Schuppen.

Dann ging ich ins Haus und sperrte von innen die Tür ab und lies den Schlüssel im Schloss stecken, so dass sie klingeln müsste um rein zu kommen.

Nachts um halb drei klingelte es dann auch- Als ich ihr aufmachte- stand sie total stone vor mir- Ich sagte ihr- sie könne morgen vorbei kommen um ihre Sachen zu holen.

Dann machte ich die Tür wieder zu.

Am nächsten Tag kam sie dann auch mit Freunden um ihre Sachen abzuholen.

Sie stand wieder mal total unter Drogen. Ich versuchte sie wieder zur Rede zustellen- erklärte ihr- dass sie aufhören sollte mit diesen Drogen und fragte sie warum sie jetzt alles wieder wegschmeißen würde ?

Sie hätte es doch geschafft gehabt- Sie hätte doch eine gute Arbeit gehabt- Ihr Zimmer und wenn sie weiter durchgehalten hätte- hätte sie gute Chancen auf eine Zukunft in dem Restaurant gehabt.

Aber es nutzte nichts- Sogar jetzt noch- sagte sie dass sie einen Unfall gehabt hätte und log weiter.

Sie sagte- sie wolle mit ihren Freunden zusammen ziehen- und dass die ihr glauben würden-

OK- dann geh-

Ich könnte sie nicht zwingen mit den Lügen und den Drogen auf zu hören-

Ich konnte ihr nur sagen dass sie sich ihre ganze Zukunft verbauen würde

Sogar Egon versuchte auf sie einzureden- aber ohne Erfolg..

es interessierte sie nicht.

Sie nahm ihr Sachen und ging.

Sie zog mit einer Freundin zusammen die auch Drogen nahm.

Meine Beziehung zu Egon

Unser Beziehung war nie besonders innig. Klar wir verstanden uns zwar von Anfang an sehr gut, aber doch fehlte es immer an Zärtlichkeit und auch an Sex.

Immer wenn ich mit ihm darüber redete und ich ihm sagte, dass ich mir etwas mehr Zärtlichkeit von ihm wünschen würde, blockte er ab.

Er erzählte mir mal von seiner Exfreundin Katja und dass sie daran schuld sei das er keine Gefühle zeigen könnte.

Er erzählte mir auch, er habe eine Tochter mit ihr, hätte aber keinen Kontakt mehr zu dem Kind-

Seine ehemalige Freundin hätte damals geheitatet und ihr Mann hätte das Mädchen als seine Tochter angenommen-

Irgendwann klingelte abends das Telefon- Ich ging ran und es meldete sich eine junge Frau und fragte ob sie Egon sprechen konnte.

Ich gab ihm den Höher und er telefonierte vier Stunden lang.

Als er auflegte erzählte er mir dass die die Mutter seiner Tochter gewesen sei und dass seine Tochter einen schweren Verkehrsunfall gehabt hätte-

Ein Raser hätte sie an einem Zebra streifen überfahren und sie liege jetzt seit Monaten im Krankenhaus und seine Exfreundin wisse nicht wann das Mädchen sterben würde-

Ich sagte ihm, dass wir das zusammen durchstehen würden und ich gerne mit ihm ins Krankenhaus fahren würde um ihm beizustehen.

Er nahm sich gleich einen Tag später Urlaub und fuhr
zu der Angeblichen Mutter seiner Tochter.
Im Urlaub fuhr er jeden Tag zu ihr-
Er wollte nicht dass ich mitkomme, er meinte ich sei ja
schließlich eine Außenseiterin was das anbetreffe und
er wolle sich lieber mit ihn alleine unterhalten-
Ich fragte ihn wie er sich vorstelle wie das nun weiter
gehen solle- aber er wich mir immer wieder aus.
Irgendwann rief katja wieder hier an und Egon war
nicht zuhause, Sie sagte mir, sie würde sich gerne mal
mit mir unterhalten und ob ich zu ihr kommen könnte.
Also fuhr ich hin.
Wau- diese Frau war der Traum aller Männer-
Wunderschöne lange haare- gute Figur sie sah aus als
wäre sie ein Model- mir war sofort klar: mit dieser Frau
könnte ich niemals mithalten.
Wir setzten uns in die Küche und redeten-
Sie sagte mir, dass Egon jeden Tag zu ihr kommen
würde und sie das stören würde-
Sie sagte mir auch, dass er ihr gesagt habe wie sehr er
sie noch lieben würde , sie aber jetzt in einer guten
Beziehung sei und nichts von ihm wolle.
Ehrlich gesagt, was ich da hörte wollte und konnte ich
nicht glauben-
Sie erzählte mir, sie hätte ihn nach mir gefragt und zu
ihm gesagt, er hätte doch auch eine feste Beziehung
und ein Haus mit mir zusammen- darauf sagte er ihr-
er säße den ganzen Tag im LKW und hätte genug Zeit
über alles nachzudenken
Ich war geschockt-
Dann fragte ich sie nach ihrer gemeinsamen Tochter
und sie erklärte mir- das sie das Kind schon vor ihrer
Beziehung mit Egon hatte-

Oh schreck- etwas lief hier komplett falsch
Nur Lügen Lügen Lügen
Wie oft habe ich mit ihm geredet- ihm gesagt, ich würde
mir mehr Nähe und Zärtlichkeit von ihm wünschen?
Wie oft habe ich ihm gesagt- das wenn er mich lieben
würde wie ich ihn, er sich doch auch nach Zärtlichkeit
sehnen würde??
Toll- Zum Affen habe ich mich gemacht-
Ich fühlte mich komplett verarscht.
Sauer wie ich war, fuhr ich nach hause um Egon zur
rede zustellen-
Ich erklärte ihm, dass ich so nicht länger mit ihm leben
wolle und wir ab jetzt nur noch zusammen wohnen
würden aber keine Beziehung mehr haben.
Für mich war das Thema- Liebe und Zärtlichkeit
gestorben-
Keine Lebensgemeinschaft mehr- sondern nur noch
eine Wohngemeinschaft
jeder würde ab jetzt seine eigenen Wege gehen-
Dabei blieb es dann auch.

Ich: Heute

Was habe icherreicht in meinem Leben??
Ohje, wenn man das so liest, dann nicht viel. Ich meine
damit, ich stand drei Mal in meinem Leben mit nichts
da, und musste ganz von vorn anfangen.
Ich habe vier Kinder von denen ich eines Todgeboren
und das andere zur Adoption frei gegeben habe.
Meine Tochter war Drogenabhängig und mein Sohn
vorbestraft.
Also im Grunde habe ich auf der ganzen Line versagt.

Und doch kommt es mir nicht so vor. Nein, ich fühle mich irgendwie nicht wie eine schlechte Mutter, oder gar wie eine Schlampe. Ich denke, es ist mein Stolz. Er bewirkt, dass ich mich nicht so fühle und das ich nie aufgab.

Es ist seltsam, aber immer wenn es nicht mehr schlimmer kommen konnte, dachte ich mir „ und jetzt hopp- jetzt geht es aufwärts- nur keine Schwäche zeigen- du schaffst das-„

Aufgeben ist eigentlich ein Wort das ich nicht kenne. Ich lebe nach dem Sprichwort: Wer kämpft, kann verlieren. Wer aufgibt hat schon verloren!!"

Immer nach dem Moto : und jetzt erst recht.

Und außerdem folgt automatisch jedem Tag ein neuer Tag.

Es gibt Dinge die man nicht ändern kann- sie geschehen einfach ohne eigenes Zutun.

Manche nennen es Schicksal.

Ich kann nicht von mir behaupten, dass ich sehr tapfer sei oder wie eine Löwin Kämpfen würde. Ich bin ein Mensch, der sein Schicksal annimmt darüber nachdenkt und dann versucht das Beste daraus zu machen.

Aber zuerst einmal brauche ich immer etwas Zeit um Abstand zu gewinnen.

Um zu realisieren, was überhaupt geschehen war. Wenn das Schicksal bei mir zuschlug- schalltete sich alles in meinem Innern aus- und ich wartete ganz einfach auf das was danach kam-

Ganz mechanisch.

Ich legte mich ins Bett und versuchte zu schlafen. Erstens überbrückte es etwas Zeit und ich fand dabei auch immer etwas Abstand und Kraft.

Vielleicht wäre vieles in meinem Leben anders gewesen, hätte ich gleich über meine Gefühle gesprochen und nicht immer alles in mich hinein gefressen oder versucht stark zu sein.

Aber das kann ich nicht mehr sagen was ich fühle - denn Gefühle machen verletzbar.

Und ich möchte nicht mehr verletzt werden.

Wenn ich mit Egon streite – wirft er mir immer vor- dass ich mich über die Dinge stellen würde- dass er an mich nicht rankäme- weil ich die große Mama spielen würde –die sagt wo es lang geht-

Damit hat er sicher nicht ganz unrecht- Aber genau das war lange Jahre mein Schutz.

Nachwort

Ich weiß nicht was noch alles auf mich zukommen wird- wie mein Leben weiter verlaufen wird.

Im Moment geht es mir relativ gut- ich habe ein Haus und ich habe Arbeit in einem Hotel

Außerdem denke ich das Arbeit sehr wichtig ist für mich- es gibt mir ein gutes Gefühl, Geld zu verdienen

Ich arbeite jeden Tag mit Menschen zusammen- mach das Frühstück für unsere Hotelgäste und putze anschließend die Zimmern--

Jeden tag begegne ich neue Menschen und lerne sie kennen- niemand von ihnen weiß etwas von mir und meiner Vergangenheit.

Das ist auch ganz gut so.

Ich frage mich manchmal wie sie wohl reagieren würden wenn sie dies alles wüsten-

Sicher würde mich der eine oder andere verurteilen-

Sie kenne jetzt einen großen Teil meiner Geschichte und ich hoffe das sie mich nicht verurteilen sondern ganz einfach mich so sehen wie ich bin- ein Mensch der viel erlebt hat und vieles davon war nicht schön.